Liée à un milliardaire

CLARE CONNELLY

Liée à un milliardaire

Traduction française de
CHRISTINE MOTTI

AZUR

HARLEQUIN

Collection : Azur

Titre original :
PREGNANT BEFORE THE PROPOSAL

HARPERCOLLINS FRANCE
83-85, boulevard Vincent-Auriol, 75646 PARIS CEDEX 13
Service Clients — https://www.harlequin.fr/contenu/contactez-nous
ISBN 978-2-2805-1726-3 — ISSN 0993-4448

Édité par HarperCollins France.
Composition et mise en pages Nord Compo.
Imprimé en mai 2025 par CPI Black Print (Barcelone)
en utilisant 100% d'électricité renouvelable.
Dépôt légal : juin 2025.

FSC www.fsc.org MIXTE Papier issu de sources responsables FSC® C159065

Pour limiter l'empreinte environnementale de ses livres, HarperCollins France s'engage à n'utiliser que du papier fabriqué à partir de bois provenant de forêts gérées durablement et de manière responsable.

1

Libby ouvrit grand les yeux. Le luxueux yacht sur lequel elle se trouvait venait de se mettre en mouvement. Pas de la manière lente et douce imposée à toute embarcation quittant la marina, mais plutôt comme un taureau se déchaînant face à un obstacle. De toute évidence, le bateau s'éloignait du quai à vive allure. Elle se redressa et manqua perdre l'équilibre lorsqu'il vira brusquement à gauche.

Elle enleva l'un de ses gants jaunes et le lâcha par terre avec le chiffon en microfibre qu'elle avait utilisé pour nettoyer le bureau qui trônait au milieu de la cabine luxueusement aménagée. Puis elle écarta les pieds et les riva au sol afin d'éviter de perdre l'équilibre si la personne aux commandes du bateau lui réservait de nouvelles surprises.

Que se passait-il donc ? Le yacht n'était pas censé bouger. Du moins, pas tant qu'elle se trouvait à bord.

Ses yeux se posèrent sur l'horloge située de l'autre côté de la pièce. Il lui restait encore une heure de travail à effectuer, et normalement elle devait être seule sur le bateau pour accomplir ces tâches ménagères. Ce qui n'était pas le cas, car à son arrivée elle avait constaté que le propriétaire du yacht se trouvait à bord alors qu'on lui avait dit qu'il avait un rendez-vous en ville. La présence du milliardaire au teint hâlé et à l'air maussade ne l'avait pas réellement dérangée, bien qu'elle préfère en général la solitude – une habitude qui l'avait accompagnée tout au long de sa vie, et qui était difficile à perdre.

Elle devinait à présent qu'il y avait une autre personne sur le bateau. Peut-être même plusieurs.

Tournée vers le couloir, Libby tendit l'oreille. Des voix résonnaient non loin de là. Elles ne mirent pas longtemps à se transformer en cris. Les sourcils froncés, elle chercha à reconnaître la langue. Ces gens s'exprimaient-ils en italien ? En espagnol ?

Elle regarda autour d'elle, en quête d'un endroit où se cacher ainsi que d'un objet pour se défendre au cas où la situation s'envenimerait. Munie d'un presse-papiers, elle s'empressa de contourner le bureau pour se tapir dessous. Au cours de ces vingt-six dernières années, elle avait maintes fois regretté de ne pas être plus grande, mais ce jour-là elle se réjouissait de pouvoir caser sa silhouette menue dans cet espace réduit.

Après avoir inspiré profondément, elle retint son souffle et serra les paupières, comme si elle avait pu ainsi éloigner tout danger susceptible de se présenter. Ce fut à cet instant précis que la porte s'ouvrit. D'autres cris retentirent et, cette fois, elle n'eut plus aucun doute : il y avait bien plusieurs hommes sur l'embarcation. Elle crut reconnaître le bruit d'une bagarre, juste avant que la porte ne claque et ne soit verrouillée.

Les yeux toujours fermés, elle serra dans sa main le presse-papiers et, immobile, guetta le moindre son. Elle distingua d'abord celui de pas dans la pièce et eut l'impression qu'une respiration rauque et saccadée résonnait près d'elle. Un juron retentit alors. Bien qu'il ait été lâché dans une langue qui lui était inconnue, elle sut qu'il s'agissait d'un juron, vu le ton dur sur lequel il avait été lancé.

Et à ce moment-là elle sentit la peur monter en elle, l'envahir tout entière. Les pas résonnèrent de nouveau, se rapprochant d'elle. Et elle se figea quand elle entendit de nouveau la voix rocailleuse.

— Vous pouvez sortir de là, maintenant ! s'exclama l'homme qui venait d'arriver.

Comme elle ne bougeait pas, il répéta non sans impatience :

— Je vous ai dit que vous pouviez sortir de là !

Elle ouvrit alors ses grands yeux d'un bleu cristallin, mais se garda bien d'obéir. D'instinct, elle croisa les doigts en ce signe légendaire censé attirer la chance.

— Vous êtes la femme de ménage ?

Les battements de son cœur s'accentuèrent, et en même temps elle se sentit soulagée. L'individu qui était entré dans la pièce était sans doute le propriétaire du bateau, il lui semblait reconnaître sa voix. Elle ignorait son nom puisque l'entreprise ne lui avait fourni que l'adresse du lieu où se rendre ainsi que le tarif horaire, mais il se trouvait là à son arrivée et l'avait saluée d'un signe de tête accompagné d'un bref « bonjour », avant de poursuivre ses activités.

À ce moment-là, elle s'était demandé si l'homme en question comptait parmi les figures notoires de Hollywood, ce qui était assez fréquent dans cette marina ultra-luxueuse de Sydney. Elle ne l'avait pas regardé longtemps, mais assez pour constater qu'il avait l'allure d'une star de cinéma, malgré un aspect assez rustre. Elle avait perçu en lui quelque chose de brut, de primitif, qui...

— Est-ce que vous parlez anglais ?

Cette question, posée d'un ton sec, interrompit le cours de ses pensées. Les jambes tremblantes, elle se redressa lentement, essuya sa main non gantée sur son tablier et regarda autour d'elle. L'homme qui se tenait à un mètre à peine d'elle était bien celui qu'elle avait vu en montant sur le bateau. Sa tenue correspondait à celle d'un propriétaire de yacht : pantalon de costume bleu marine, chemise blanche aux manches remontées jusqu'au coude, chaussures bien cirées.

— Nous avons un problème, dit-il, la mine sombre, en croisant les bras sur sa poitrine.

Libby hocha la tête et s'éclaircit la voix.

— C'est ce que j'ai cru comprendre. Que se passe-t-il, au juste ?

— Quatre hommes sont montés à bord et ont pris le contrôle du...

Le yacht fit alors une embardée et il serra les paupières avant de lâcher avec colère :

— ... bateau. Dieu seul sait ce qu'il en restera quand ils le quitteront !

Tout en lui trahissait une profonde indignation.

— Vous êtes blessé ! observa-t-elle, remarquant à ce moment-là que sa joue droite était meurtrie.

Il passa distraitement la main sur sa peau.

— Rien de grave.

Elle se mordilla la lèvre inférieure.

— Est-ce que vous avez besoin de quelque chose ?

Il haussa les sourcils et son regard d'un gris profond se posa sur elle. Elle y distingua une pointe de moquerie tandis qu'il répondait :

— Ma foi, si vous avez un seau de glace dans vos poches, j'accepte volontiers !

— Eh bien non..., répliqua-t-elle machinalement.

Le rouge lui monta aux joues tandis qu'elle prononçait ces mots, consciente de se couvrir de ridicule.

— Je...

— Ne vous inquiétez pas, je vais bien, fit-il en se penchant pour ramasser le chiffon et le gant qu'elle avait laissés par terre. Un petit conseil : la prochaine fois que vous voudrez vous cacher, n'oubliez pas de garder avec vous tout ce qui vous appartient.

Après quoi il lui tendit le chiffon et le gant. Elle les prit, se sentant plus stupide encore, ce qui lui était insupportable. Que de fois ses pseudo-beaux-pères lui avaient laissé entendre qu'elle était idiote ! Certains en l'ignorant, d'autres en tolérant sa présence avec une impatience mal dissimulée. Mais il y avait eu bien pire : ceux qui s'étaient montrés vraiment méchants envers elle, qui semblaient prendre plaisir à la réprimander, à lui signaler d'un ton méprisant la moindre de ses erreurs. Ce, alors qu'elle était quelqu'un de réfléchi, qui tenait à peser ses mots, à savoir exactement de quoi elle parlait avant de s'exprimer.

Tournant la tête pour lui cacher l'expression de son visage, elle recula de quelques pas afin de mettre plus de distance entre eux.

— Avez-vous essayé d'appeler pour obtenir de l'aide ?

— Ils m'ont bien sûr pris mon téléphone. Mais vous...

— Oui, j'en ai un, dit-elle en plongeant la main dans sa poche pour en sortir son portable.

Elle regarda le petit écran et fronça le nez.

— Aucun signal.

— Peu importe. Le numéro d'urgence fonctionnera quand même, il passe par satellite. Donnez-le-moi.

Libby s'exécuta sur-le-champ sans chercher à discuter. Il y avait en cet homme une autorité naturelle qui incitait à croire qu'il réussirait d'une manière ou d'une autre à résoudre le problème.

Elle l'observa tandis qu'il appelait, tout en posant de temps en temps le regard sur la porte verrouillée, à l'affût du moindre bruit annonçant l'arrivée des pirates. Le propriétaire du bateau, lui, était concentré sur son échange téléphonique. Il décrivait le yacht dans ses moindres détails, tout en estimant de façon aussi précise que possible la position actuelle de l'embarcation et son hypothétique destination. Il donna également des indications sur l'apparence physique des quatre assaillants, leur âge approximatif, et finit par expliquer où lui-même se trouvait.

— Je suis ici avec quelqu'un. Un agent d'entretien.

La main posée sur l'appareil, il se tourna vers la jeune femme.

— Comment vous appelez-vous ?

— Libby.

Elle s'éclaircit la voix avant de préciser :

— Libby Langham.

— Y a-t-il quelqu'un que vous désireriez contacter pour l'informer de la situation ?

Elle pâlit et secoua la tête. Non, elle n'avait personne à prévenir. Il y avait bien longtemps qu'elle était seule et elle s'y était accoutumée. La série de relations désastreuses de sa mère lui avait appris que « mieux valait être seule que mal accompagnée », comme l'énonçait si bien le dicton. Elle n'avait aucune envie de se lancer à son tour dans ce cycle sans fin d'aventures expéditives suivies de ruptures traumatisantes. Elle était seule, soit, mais tranquille.

Comme il gardait les yeux rivés sur elle, elle retint son souffle.

— Je vais faire en sorte de maîtriser la situation avant votre arrivée, déclara-t-il, s'adressant à son interlocuteur.

Apparemment, la personne qu'il avait en ligne ne considérait pas cela comme une bonne idée, mais Raul – Libby l'avait entendu donner son nom au début de la conversation – n'était pas disposé à se laisser dissuader.

— Dans ce cas, arrangez-vous pour que les secours se présentent aussi vite que possible ! lança-t-il.

Après quoi il mit fin à cet échange et, songeur, garda le téléphone dans la main.

— Que vous ont-ils dit ? demanda-t-elle d'une voix où perçait l'anxiété.

— Ils envoient la police.

Après avoir arpenté la cabine de long en large pendant quelques instants, il ajouta :

— Il semblerait que ce ne soit pas le premier vol de bateau dans cette marina. Vous qui travaillez ici, est-ce que vous avez déjà vécu une expérience pareille ?

— Me trouver sur un bateau détourné en l'espace de quelques secondes ? Non ! Mais l'entreprise qui m'embauche vient tout juste de reprendre un contrat avec la marina, et ce n'est que la deuxième fois que je suis appelée sur une embarcation.

Elle en resta là, consciente de s'exprimer trop vite.

Le dénommé Raul hocha la tête, puis regarda lentement autour de lui et se dirigea vers la porte.

— Bien, il est temps d'y aller.

La main sur la poignée, il essaya en vain de la tourner. La porte était bel et bien verrouillée.

Libby, qui le fixait, les yeux arrondis, s'exclama d'une voix étranglée :

— Ce serait de la folie, voyons ! Qui vous dit qu'ils ne sont pas armés ? Puisque la police est en chemin, il suffit d'attendre encore un peu.

— Ils m'ont déjà joué un sale tour, je ne vais pas les laisser continuer ! Vous, vous restez ici.

— Je ne vous laisserai pas y aller seul, déclara Libby. Je vous accompagne.

— Ce bateau m'appartient. Vous êtes ici par hasard.

— Peut-être, mais je suis quand même ici ! Donc autant éviter toute sorte de risque.

— Ce ne sont que des gamins. Des gamins stupides, et je sais très bien de quoi je parle parce que j'en ai été un ! Ne vous inquiétez pas, je suis à même de me débrouiller.

Elle secoua la tête, se demandant pourquoi elle se sentait si inquiète. Après tout, c'était sa vie, libre à lui de la mener comme bon lui semblait.

— D'accord, mais je viens avec vous, s'entendit-elle répliquer.

Cette phrase lui valut un rire moqueur.

— Très courageux de votre part, Libby Langham, mais, en toute honnêteté, j'ai bien peur que votre présence me freine plutôt qu'autre chose.

— Je suis plus solide que j'en ai l'air, rétorqua-t-elle, agacée par sa remarque.

Il ne se doutait évidemment pas qu'elle avait dû s'endurcir dès son plus jeune âge, le sort ne lui ayant pas laissé le choix.

— Vous allez rester ici, déclara-t-il alors d'un ton autoritaire.

— Non. Si vous quittez cette pièce, je partirai aussi.

Il la fusilla du regard.

— De toute façon, comment envisagez-vous de sortir ? reprit-elle. La porte est fermée à clé.

— J'y arriverai, j'en suis sûr et certain !

— De quelle façon ? En y donnant des coups de pied ?

— Vous m'en croyez incapable ?

Elle leva les yeux au ciel.

— Supposons qu'ils soient de l'autre côté de la porte ?

— Dans ce cas, je suggère que vous vous armiez de votre presse-papiers, railla-t-il. Est-ce que vous visez bien ?

— Je suis sérieuse. Qu'envisagez-vous ? De les affronter en mode Rambo ?

— Pourquoi pas ?

Elle le dévisagea quelques instants en silence. Il avait le physique de quelqu'un qui était prêt à passer à l'action, et de toute évidence en paraissait tout à fait capable, comme il le prétendait.

— Et quelles seraient vos chances de réussir ?

En entendant ces mots, il traversa alors la pièce et s'arrêta en face d'elle.

— Disons que j'ai pour habitude de ne reculer devant aucun défi.

— Que voulez-vous dire par là ? murmura-t-elle.

Il se tenait à présent tout près d'elle, et elle remarqua que le gris de ses yeux paraissait constellé de paillettes argentées et dorées. Ses épais cils noirs mettaient en valeur ce dégradé de couleurs.

— J'ai des chances d'atteindre mon but, Libby. Des chances assez importantes, même, si vous ne vous obstinez pas à me suivre.

Sa réponse fut immédiate.

— N'y comptez pas !

Malgré la peur qui s'était installée en elle, elle savait qu'elle ne pourrait pas rester cachée dans ce bureau pendant qu'il mettait sa vie en danger.

Le bateau opéra alors un brusque virement vers la gauche, les déséquilibrant tous deux, et Libby serait tombée si Raul n'avait eu le réflexe de tendre le bras pour la retenir. Le contact de cette main chaude sur sa peau la fit frissonner. Elle avala sa salive et redressa les épaules avant de désigner la porte d'un geste du menton.

— Allons-y.

Il soupira puis leva les yeux au ciel avant de les poser sur la jeune femme.

— À une condition.

Elle attendit en silence qu'il formule ladite condition.

— Que vous suiviez mes directives. Et que vous restiez derrière moi.

— Ce sont donc deux conditions.

— Ne me faites pas regretter ma décision !

— Il est bien possible que vous la regrettiez quand même. Vous n'imaginez pas ce qui peut vous arriver si…

Mais il ne la laissa pas terminer sa phrase.

— Vu la façon dont ils pilotent cette embarcation, nous risquons la mort si la police tarde un peu à arriver. Vous croyez vraiment que nous serons plus en sécurité en restant ici, à attendre de l'aide ?

Elle cligna des paupières.

— Peut-être pas, en effet.

— Donc… ?

Après quelques secondes d'hésitation, elle hocha la tête.

— D'accord.

En prononçant ce mot, elle avait croisé les doigts dans son dos. Elle agirait comme elle considérait devoir le faire, et, si cela ne plaisait pas à Raul, il s'en remettrait.

De toute évidence, il avait encore quelques doutes, mais il décida de passer outre et se dirigea une fois de plus vers la porte, qui cette fois encore résista quand il voulut l'ouvrir. Il se rapprocha du battant et tendit l'oreille, guettant d'éventuels bruits. Comme rien n'arrivait jusqu'à lui, il s'accroupit et pencha la tête pour examiner l'espace entre le bois de la porte et le sol.

La situation ne se prêtait certainement pas à ce genre de réflexes de la part de Libby, et pourtant elle ne put s'empêcher d'admirer la silhouette masculine dans cette position. Se reprochant aussitôt cette réaction pour le moins déplacée en pareilles circonstances, elle avança vers lui et, d'une voix aussi neutre que possible, lui demanda :

— Est-ce que vous apercevez quelque chose ?

— Rien du tout.

— Tant mieux, non ? fit-elle en évitant de poser les yeux sur lui.

Il se redressa et se tourna vers elle.

— Exact. Reculez, s'il vous plaît.

Libby ne se fit pas prier, ravie de mettre davantage de distance entre eux. Raul la dévisagea quelques instants en silence avant de reprendre la parole.

— Je ne sais pas où ils sont. Une chose est sûre : il y en a au moins un sur le pont. Ils y sont peut-être même tous. Et il n'est pas impossible qu'ils entendent la porte s'ouvrir. Donc préparez-vous à... tout, compris ?

Elle acquiesça, trop tendue pour s'exprimer.

— Vous avez pris votre presse-papiers ?

— Vous vous moquez de moi ? lança-t-elle, les sourcils froncés.

— Du tout. C'est une arme excellente et je vous conseille de la garder avec vous, vous pourriez en avoir besoin pour vous défendre.

Elle écarquilla les yeux.

— Vous pensez vraiment que...

— Aucune idée, rétorqua-t-il d'un ton sec. Si vous préférez rester ici et me laisser gérer seul ce problème, sachez que ça me conviendra très bien.

— Non !

Sans un mot de plus, elle partit chercher le presse-papiers et rejoignit aussitôt le propriétaire du bateau, prête à lui emboîter le pas. Réprimant un mouvement d'humeur, celui-ci se tourna vers la porte, fonça droit dessus et lui donna un coup de pied avec la force et la précision d'un homme qui maîtrisait parfaitement ce geste. La porte se brisa au niveau du cadre, puis céda, et Raul se déplaça à toute vitesse pour éviter qu'elle claque contre le sol en tombant.

D'un geste machinal et inutile, il se tourna vers Libby et, l'index posé sur la bouche, lui intima de se taire. Elle cligna des paupières, lui signifiant ainsi qu'elle avait compris, et, le cœur battant à tout rompre, s'apprêta à le suivre.

Arrivé au bout du couloir, il fit de nouveau volte-face, le doigt sur la bouche, puis ouvrit une porte située sous les marches. Tandis qu'il disparaissait, elle regarda autour d'elle non sans une certaine frayeur. Un instant plus tard, il ressortait, tenant entre ses mains une corde orange et des filets.

— Voyons… vous n'auriez pas été scout, dans une autre vie ?

— Pas tout à fait, lui répondit-il avec un sourire narquois qu'elle trouva très séduisant.

Trop séduisant.

— Êtes-vous prête ? enchaîna-t-il.

Prête ? Comment pourrait-elle l'être, alors qu'elle n'avait aucune idée de ce qui les attendait ?

— Attendez mon signal, murmura-t-il avant de monter les marches en évitant de faire du bruit.

Une fois arrivé au premier niveau, il regarda autour de lui puis poursuivit son ascension jusqu'à disparaître. Quelques secondes plus tard, elle voyait sa main s'agiter tout en haut de l'escalier, l'invitant à le suivre.

Après avoir pris une profonde inspiration, elle s'exécuta et, tendue comme elle l'était, ne fut pas longue à trébucher sur une marche. Elle s'immobilisa et regarda autour d'elle afin de s'assurer que cet incident n'avait alerté personne – il paraissait peu probable que quelqu'un ait entendu, compte tenu du bruit du moteur ajouté au choc des vagues contre l'embarcation.

Ils atteignirent enfin la partie arrière du pont.

— Ils sont tous là, chuchota Raul quand la jeune femme l'eut rejoint. Et ils ont l'air d'avoir pas mal bu.

Libby hocha la tête.

— Vous êtes sûr qu'il ne vaut pas mieux attendre l'arrivée de la police ?

Le bateau vira alors brusquement à droite. Effrayée par la façon dont il basculait, menaçant de chavirer, elle sentit un cri lui monter aux lèvres. La main de Raul, forte et chaude, se pressa soudain sur sa bouche, contenant de justesse le cri qu'il avait senti venir. Il se tenait tout près d'elle et leurs regards restèrent rivés l'un à l'autre pendant les instants qui suivirent.

Dans celui de Raul, gris foncé, elle perçut un message d'avertissement et aussi de mise en confiance. L'homme lui laissait entendre que tout allait bien se passer, et curieusement elle se surprit à croire en lui.

— Nous ne pouvons pas attendre, dit-il à voix basse. Croyez-moi, nous leur rendons service, à eux aussi. À les voir, on a l'impression qu'ils cherchent la mort !

Libby se redressa légèrement pour regarder à travers les vitres. Raul avait raison. Les garçons en question semblaient n'être que des adolescents. Il fallait les sortir de ce mauvais pas. Elle baissa les yeux sur le presse-papiers qu'elle tenait toujours à la main et fronça le nez en une grimace qui reflétait le scepticisme. Il était peu probable qu'elle l'utilise.

— Gardez-le, on ne sait jamais, chuchota Raul, comme s'il avait lu dans ses pensées.

Il ponctua ces mots d'un sourire. Un sourire magnifique,

éblouissant, qui en un éclair chassa tous les doutes et les angoisses qu'elle avait eues jusque-là.

— Suivez-moi.

À ce moment-là, elle comprit qu'elle était prête à le suivre jusqu'aux portes de l'enfer s'il le lui demandait.

2

Tel un ouragan, Raul courut à vive allure jusqu'à la salle de contrôle du grand yacht, avec la puissance et la maîtrise d'un homme né pour se battre. Il était seul face à quatre jeunes, ce qui de toute évidence ne l'impressionnait pas. Il s'adressa au plus grand d'entre eux, qui semblait être le meneur. D'un geste sec, il lui posa une main sur l'épaule et le poussa vivement sur le côté, l'écartant ainsi des commandes. Puis, les jambes ancrées au sol, il regarda tour à tour les membres du groupe, qui avaient l'air choqués et semblaient en effet avoir trop bu.

— Mettez-vous là, leur dit-il d'un ton rude en indiquant un banc.

Le plus âgé grimaça, se frotta l'épaule qui avait heurté le mur de la cabine, et redressa le menton.

— Qui va nous y obliger ? lança-t-il, le regard noir.

En entendant ces mots, Raul serra les poings, et l'expression de son visage se durcit.

— Vous voulez vraiment le savoir ? Je vous laisse une chance pour que cette affaire se termine sans dégâts.

Il arrêta le bateau et glissa prestement la clé dans sa poche.

Bien joué, songea Libby.

Après cette traversée chaotique, elle appréciait le calme qui régnait à présent sur l'embarcation, tout en se tenant sur ses gardes. Mais, curieusement, elle ne se sentait pas en danger. Bien que seul face aux quatre grands adolescents, Raul paraissait maître de la situation, ne serait-ce que par son imposante présence. Cet homme était impressionnant.

— Pas sûr que vous ayez le dessus ! s'exclama alors le plus petit des jeunes en se rapprochant de lui. Venez, les gars, on va l'avoir, comme tout à l'heure !

— C'est un pari risqué, répliqua Raul.

Comme le garçon brandissait le poing, Raul lui saisit brutalement le bras et le fit tourner sur lui-même, le tenant serré contre lui.

— Ne bouge pas ! lança-t-il d'une voix menaçante à un autre membre du groupe qui avançait vers eux.

Puis il se tourna vers Libby.

— Venez, s'il vous plaît.

Il fallut à la jeune femme quelques instants pour comprendre qu'il sollicitait son aide, et elle avança alors vers lui d'un pas décidé.

— Prenez la corde et attachez celui-ci.

Elle hocha la tête et, les doigts tremblants, s'empressa d'exécuter cet ordre, pendant que Raul retenait toujours celui qui avait cherché en premier à l'attaquer. Les autres se tenaient immobiles, apparemment dépassés par le cours inattendu que prenaient les événements.

— On ne savait pas que vous seriez à bord, marmonna l'un d'entre eux. On pensait qu'il n'y aurait personne…

— J'ai changé de programme, mais, quoi qu'il en soit, rien ne vous permettait de prendre mon bateau et de risquer de le détruire !

— Pas du tout. On n'a pas…

— Ça suffit ! s'exclama Raul. Allez tous vous asseoir contre la paroi, et gardez les mains derrière le dos.

Le cœur de Libby battait si fort qu'elle avait l'impression de l'entendre résonner autour d'eux. Était-il possible que cette affaire se résolve aussi facilement ? Elle ne mit toutefois pas longtemps à constater qu'il ne fallait pas crier victoire trop tôt, car, au moment même où elle commençait à se détendre, le plus petit du groupe se précipita vers elle et l'attrapa. Elle sursauta et, sur le point de lâcher un cri, se ressaisit sur-le-champ. Raul ne lui avait-il pas laissé entendre qu'elle risquait de le gêner dans cette opération ? Elle devait lui prouver qu'il s'était trompé.

Faisant donc volte-face à vive allure, elle lui donna un violent coup de genou entre les cuisses, ce qui eut pour effet de le faire aussitôt tomber au sol, où il se recroquevilla sur lui-même en poussant un hurlement.

— Technique efficace, observa Raul d'un ton détaché. Y en a-t-il un autre qui veuille tester les capacités de Libby à se défendre ?

— Nous ne savions pas que vous seriez à bord, répéta le présumé chef du gang.

— Et comment avez-vous pu être informé de son emploi du temps ? demanda la jeune femme, enhardie par ce qu'elle considérait comme une prouesse.

— Je...

— Tais-toi, Jerry ! hurla le plus petit du groupe.

— Voyons, laissez-moi deviner... L'un de vous n'aurait pas un ami qui travaille à la marina ? Ou à l'entreprise de nettoyage ?

Comme elle prononçait ces mots, elle claqua des doigts, convaincue d'avoir vu juste.

— Mais bien sûr ! Sinon, je me demande comment vous auriez pu être au courant de l'emploi du temps de ce monsieur.

Elle s'aperçut alors que Raul l'enveloppait d'un regard qui reflétait une certaine admiration et en éprouva une véritable fierté mêlée de plaisir. Il se rapprocha du garçon toujours agenouillé à ses pieds et lui ligota les mains avant de s'occuper des suivants.

— Voilà, maintenant, vous vous asseyez sur ce banc et vous ne bougez plus.

Se tournant vers Libby, il murmura :

— Gardez-les à l'œil.

Puis, après une brève pause, il ajouta, plus bas encore :

— Ça va, Libby ? Vous vous sentez bien ?

Elle acquiesça. En effet, elle se sentait plutôt bien malgré la poussée d'adrénaline qu'elle éprouvait. La gorge nouée, elle revivait mentalement les événements qui venaient de se dérouler.

Raul la fixa quelques instants en silence puis tourna les talons pour reprendre les commandes du bateau. Quelques secondes plus tard, il repartait en direction de la marina. Le yacht fendait l'eau à toute vitesse, mais la jeune femme n'en était nullement effrayée : Raul était maître de la situation, elle n'avait aucun doute là-dessus.

Comme il le lui avait demandé, elle surveillait les quatre garçons, sans pouvoir toutefois s'empêcher de lancer de temps en temps un bref regard à celui qui, en quelques minutes à peine, avait réussi à rétablir l'ordre à bord. Et, chaque fois que son regard effleurait la solide silhouette masculine, un trouble étrange s'insinuait en elle.

Cette fois encore, il venait de passer automatiquement en mode survie. Il avait retrouvé cette force, cet instinct qui l'avait maintenu en vie en Espagne quand il n'était qu'un gamin qui s'enfuyait à travers les rues, avec un seul objectif en tête : se tirer d'affaire.

Aujourd'hui, il avait tenu tête à cette petite bande de voyous pour se sauver, lui, mais aussi pour protéger la jeune femme qui se trouvait à bord.

Tout semblait rentré dans l'ordre, à présent. L'air soumis, contrit, même, les quatre jeunes restaient sagement assis à leur place. Il tourna la tête en direction de la jeune femme, et quelques secondes lui suffirent pour apprécier sa silhouette fine et élégante, cependant empreinte d'une force évidente – force qu'elle avait démontrée lorsque l'un des adolescents l'avait attaquée. Il reporta son attention sur l'eau, puis ne put s'empêcher de l'observer à nouveau. Elle avait des cheveux d'un blond luisant, une peau qui rappelait la couleur du miel, des lèvres pleines et des yeux d'un bleu étincelant.

Comme il admirait le tableau qu'elle offrait, il la vit se tourner vers lui, et le regard qu'ils échangèrent l'électrisa. Il y avait en Libby Langham quelque chose de terriblement attirant. Quelque chose qui lui donnait envie de tenter une autre victoire. De se lancer à sa conquête ! Et cette perspective ne manquait pas de l'exciter, lui qui ces derniers temps remportait surtout des victoires dans sa salle de conférences. Au début, il en avait été très satisfait, puis au fil du temps cette autosatisfaction avait diminué.

— On pensait seulement...

Raul porta son attention sur l'adolescent qui venait de prendre la parole et ressentit pour ces quatre jeunes gens un soudain élan de sympathie.

— Vous n'avez pas réfléchi, déclara-t-il d'un ton paisible tandis que le garçon restait plongé dans le silence. Vous avez juste cherché à prendre ce que vous vouliez et ça aurait pu se terminer de façon tragique.

Du coin de l'œil, il vit le garçon baisser la tête.

La marina était maintenant en vue. On y distinguait des lumières qui clignotaient, ce qui signifiait que la police était sur place. Dès que le bateau s'arrêta, un bruit de bottes résonna sur le pont, puis les hommes firent irruption dans la salle de contrôle, l'arme au poing.

— Je suis le propriétaire de ce bateau, déclara Raul, les bras levés.

Il vit Libby lever elle aussi les bras et ajouta :

— Ces jeunes gens sont ceux que vous recherchez.

Le plus âgé des policiers, qui était sans doute le chef, avança vers lui.

— Pouvez-vous nous montrer vos papiers d'identité, monsieur ?

Raul plongea la main dans sa poche et en sortit un portefeuille duquel il tira un document qu'il tendit au policier. Celui-ci l'examina, regarda la photo, puis Raul, et hocha la tête avant de lui rendre son bien. Après quoi il se tourna vers la jeune femme.

— Et vous, mademoiselle ?

— Elle est avec moi, déclara aussitôt Raul, surpris par l'instinct possessif qui s'était emparé de lui.

Dans la mesure où Libby était restée tout le temps à ses côtés pendant qu'il se lançait dans cette opération, il considéra que cette réaction n'avait somme toute rien d'anormal.

— D'accord.

S'adressant aux hommes qui l'entouraient, le chef de police leur demanda de faire descendre les garçons, puis reporta son attention sur Raul.

— J'aurais besoin que vous fassiez une déclaration, lui dit-il. Est-ce que vous êtes blessé ?

— Il a reçu un coup.

Libby s'était chargée de répondre à sa place, et il réprima un sourire en entendant ces mots.

— Je pense que je devrais y survivre, glissa-t-il avant de lui demander une fois de plus si elle se sentait bien.

Cette fois encore, elle acquiesça, et le chef de police reprit la parole, les regardant tour à tour.

— Vous êtes donc prêts à faire une déclaration, maintenant ?

Raul, qui observait la jeune femme, s'aperçut qu'elle était prise de légers tremblements. Rien que de très normal après les événements qu'elle venait de vivre, songea-t-il. Elle avait tenu bon jusque-là, mais accusait le coup maintenant.

— D'accord, mais ce sera très bref. Quelques minutes tout au plus. Je vous en dirai davantage demain.

L'officier ouvrit la bouche, comme s'il allait protester, puis se ravisa.

— Pas de problème.

Il sortit de sa poche un bloc-notes et demanda à Raul de lui résumer en quelques phrases ce qui s'était produit à bord du yacht. Comme il s'exprimait, il remarqua que Libby approuvait ses propos en hochant régulièrement la tête. Ce fut de courte durée, comme le souhaitait Raul, et à la fin de l'entretien l'officier de police lui tendit sa carte de visite.

— Si d'autres éléments vous viennent à l'esprit, n'hésitez pas à m'appeler.

— Je n'y manquerai pas.

Après ce bref échange, les policiers regagnèrent leurs véhicules et quittèrent les lieux, les sirènes muettes, cette fois. Et Raul et Libby se retrouvèrent seuls, face à face. L'adrénaline grâce à laquelle elle avait affronté et surmonté ce qui s'était produit sur le bateau s'était évaporée et elle tremblait à présent de la tête aux pieds.

— Je... devrais y aller, maintenant, articula-t-elle.

Tournée vers Raul, elle cligna des paupières. Cet après-midi-là avait été sans conteste le plus étrange qu'elle ait jamais vécu.

— Il n'en est pas question ! répliqua-t-il avec un sourire en coin.

Cependant, rien dans sa voix ne reflétait la moindre trace d'humour.

— Asseyez-vous, ajouta-t-il d'un ton sérieux en la guidant vers le siège réservé au capitaine.

Sur ces mots, il disparut et revint quelques instants plus tard, une couverture à la main. Après l'avoir posée sur les épaules de la jeune femme, il repartit. Cette fois, quand il la rejoignit, il tenait entre ses doigts un verre de whisky.

— Buvez ceci, dit-il en lui tendant le verre.

Elle le prit, le renifla et esquissa une grimace.

— Je ne suis pas adepte des alcools forts...

— Je vous crois, mais, dans la mesure où vous venez de vivre des moments assez particuliers, je pense que vous pouvez vous offrir un peu de réconfort.

Ils se dévisagèrent quelques instants en silence et elle porta le verre à ses lèvres, surprise par la confiance que lui inspirait cet homme que le destin venait tout juste de placer sur son chemin.

Es-tu bien sûre qu'il ne suscite en toi qu'un sentiment de confiance ?

Troublée par la nature de la question qu'elle se posait à elle-même, Libby avala une longue gorgée du liquide ambré. Comme l'alcool coulait sur sa langue, elle constata que son goût n'était somme toute pas si désagréable. Qui plus est, il semblait avoir sur elle un effet apaisant immédiat, ce qui l'incita à en boire une autre gorgée.

Pas désagréable, mais fort, se dit-elle en toussant.

— Ça va ?

Raul venait de s'agenouiller à ses côtés et lui tapotait le dos. Quand leurs regards se rencontrèrent, elle éprouva une curieuse sensation : un mélange de crainte et de plaisir. La crainte de ne pas réussir à maîtriser ce que lui inspirait le propriétaire du yacht, et le plaisir qu'elle éprouvait en sa présence. Ce mélange était exacerbé par la puissance des moments qu'ils venaient de vivre ensemble.

Étrangement, elle ne se rappelait pas avoir eu peur. Du moins pas quand elle avait suivi Raul, car elle avait compris rapidement qu'il avait le contrôle de la situation. Il avait fait en sorte que tout paraisse se dérouler comme il le souhaitait, et à ce moment-là elle avait été convaincue qu'il remporterait cette bataille.

Il possédait une qualité indéniable, celle d'inspirer confiance aux personnes qui l'entouraient. On devinait qu'il était incapable de jouer un mauvais tour à qui que ce soit, ce qui représentait pour Libby quelque chose de totalement nouveau. Quelque chose qu'elle n'avait jamais ressenti jusque-là, pas plus auprès d'un père qu'elle n'avait pas connu qu'auprès des compagnons de sa mère, ni même de l'homme qui avait été sa seule et unique relation amoureuse.

Elle fixait Raul, ne pouvant détourner le regard de celui qui se tenait maintenant tout près d'elle. Et une sensation qui lui était jusque-là inconnue la gagnait, tout doucement d'abord, puis se mettait à bouillonner en elle. Et elle se sentait déroutée par ces tout nouveaux réflexes de son corps, qui jusqu'ici lui avaient été étrangers. Car, ayant vu sa mère se lancer tête baissée dans des aventures sentimentales pour le moins hasardeuses, elle avait toujours pris soin de se tenir sur ses gardes. Non qu'elle veuille fuir l'amour, au contraire, mais elle ne tenait surtout pas à vivre les mauvaises expériences que sa mère avait accumulées.

Quand elle tomberait amoureuse, ce serait pour toujours, et d'un homme qui lui convenait. Quelqu'un de gentil, doux, qui ne lui ferait aucun mal. Elle n'était certainement pas disposée à céder à un penchant aussi superficiel et peu fiable que la simple attirance physique.

Le désir.

C'était pourtant bien le désir qui l'habitait à cet instant précis, qui l'envahissait, lui ôtait toute envie de l'ignorer ou encore de tenter de le refouler. Son être tout entier la poussait à l'écouter, à suivre la voie sur laquelle il la mettait.

— Raul, chuchota-t-elle, vous avez été extraordinaire.

Consciente de l'admiration que trahissait sa voix, elle se dit qu'elle devrait chercher à se modérer. Mais cela lui était tout bonnement impossible.

— Je me sens plus vivante que jamais, ajouta-t-elle avec un sourire, en lui posant la main sur le bras.

Ce fut alors que ses yeux furent attirés par la bouche virile, et, incapable de résister à la force qui la poussait vers cet homme, elle se précipita dans ses bras, pressant ses lèvres contre les siennes. Comme il restait figé, elle crut qu'il allait la repousser et retint son souffle, convaincue d'avoir commis une erreur colossale.

Elle allait s'écarter de lui quand il ouvrit les bras, la fit se lever et la serra contre son torse musclé. L'instant suivant, ils échangeaient un baiser ardent. La tension accumulée au cours de l'heure précédente semblait exploser en eux, générant en Libby un désir incontrôlable, et en Raul, un profond soulagement qui semblait l'inciter à chercher une récompense.

Tandis que ce baiser se prolongeait, devenait de plus en plus passionné, Raul se laissa aller à caresser le corps de la jeune femme. À travers les vêtements, il sentait sa peau brûlante sous ses mains, ce qui l'excitait un peu plus de seconde en seconde. Ce fut donc de façon tout à fait naturelle qu'il glissa les doigts sous son chemisier. Quand ils effleurèrent ses seins, Libby se mordilla les lèvres, refoulant un gémissement, puis se cambra contre lui.

Tout allait vite, très vite, mais elle ne cherchait pas à interrompre cette étreinte, et moins encore à fuir Raul. Elle se laissait porter par ses sens, par le feu qu'il avait allumé en elle, et ce, de façon presque immédiate. Il était en train de la déshabiller et elle se surprenait, elle aussi, à déboutonner sa chemise. Rien d'autre ne comptait que les caresses et les baisers qu'ils échangeaient, rien d'autre que le désir fou qui avait jailli en elle.

Sans un mot, il la guida vers une banquette où ils seraient à l'abri des regards et l'y allongea avant de s'écarter d'elle. Elle cligna des paupières, se demandant ce qui se passait, et le vit alors sortir son portefeuille de la poche de son pantalon, pour y prendre un préservatif.

Le cœur battant, elle le regarda se déshabiller entièrement, puis se protéger. Comme elle l'observait, le doute s'insinua en elle. Elle n'avait pas eu de nombreuses relations sexuelles avec son ex-petit ami et n'en gardait d'ailleurs pas de merveilleux souvenirs.

Ne devrait-elle pas en rester là, éviter d'aller plus loin, de se comporter comme l'avait si souvent fait sa mère ?

Pourtant, elle ne trouvait pas en elle la force de mettre un terme à ces moments de pure folie. Envers et contre tout, cet homme l'attirait terriblement. Quand il la rejoignit, s'étendit sur elle et la fit sienne, elle lâcha un cri étouffé. Quelques secondes plus tard, leurs corps se mouvaient à l'unisson et chacun de ses gestes la comblait de plaisir, de bonheur. Elle sentait la vie bouillonner dans ses veines, dans tout son être. C'était là une conclusion parfaite au tournant pour le moins étrange qu'avait pris cette journée.

Plus tard, elle se demanderait sans aucun doute pourquoi et comment elle en était arrivée là. Plus tard, car pour le moment elle souhaitait tout oublier et profiter pleinement de ce moment magique.

Quand leurs étreintes prirent fin, Raul redressa la tête et s'écarta lentement de la jeune femme. Il n'en avait aucune envie, mais était conscient de devoir mettre entre eux une certaine distance s'il voulait garder un espoir de retrouver la raison.

— Eh bien, dit-il d'une voix traînante, c'était... inattendu.

À son grand soulagement, il vit Libby sourire.

— Quoi donc ? La tentative de détournement du bateau, ou... la scène finale ?

— Ma foi, les deux !

— En effet. Je suppose que, dans le feu de l'action...

Ne sachant trop que répondre, Raul haussa les épaules. Libby lança un regard au sol, où étaient enchevêtrés leurs vêtements, et sans se départir de son sourire hocha la tête.

— C'est ça. Une sorte d'hymne à la vie. La joie d'avoir survécu à cette aventure !

Il se réjouissait qu'elle voie la situation sous cet angle-là, qu'elle partage son point de vue. Pourtant, le fait qu'elle paraisse résolue à tourner si facilement la page sur les moments ardents qu'ils venaient de vivre lui donnait aussi un sentiment de frustration. Ce qui était absurde, puisqu'il quitterait le pays dès le lendemain et que de toute façon il n'envisageait pas de lui offrir plus que cette parenthèse fougueuse.

— Quelque chose de surréaliste, conclut-elle.

— Et de superbe. Pas la tentative de vol du bateau... la suite.

Comme il se rhabillait, il remarqua que les joues de la jeune femme s'enflammaient et se demanda soudain s'il lui arrivait souvent de partager ce genre d'expérience. Quelque chose dans son comportement l'incitait à en douter. Non qu'elle ait été vierge, mais...

Raul décida aussitôt d'en rester là. Il n'avait pas pour habitude de s'interroger sur les femmes avec lesquelles il avait ce type de relation. Leur vie privée ne le concernait pas. Ils passaient un moment ensemble, puis chacun reprenait sa propre vie.

— Est-ce que tu te sens bien ? lui demanda-t-il une fois de plus, recourant pour la première fois au tutoiement.

Elle acquiesça et lâcha un petit soupir.

— Je veux dire... après le détournement du bateau. Aucune blessure ? Tu n'as mal nulle part ?

Elle secoua la tête.

— Il arrive qu'un événement pareil, aussi brusque qu'inattendu, provoque une sorte de traumatisme intérieur. Si tu éprouves quelque chose de bizarre, d'inquiétant, n'hésite surtout pas à me le faire savoir.

Les yeux arrondis, elle répondit :

— Je ne m'inquiète pas, tout ira bien.

Il tendit la main vers son portefeuille et, ignorant l'autre préservatif qui s'y trouvait, en sortit une carte de visite, qu'il tendit à Libby. Celle-ci la prit et, sans même la regarder, le remercia.

— Préviens-moi si des soins s'avèrent nécessaires, j'assumerai les frais d'une thérapie.

En entendant ces mots, elle secoua la tête en riant.

— Je ne pense pas en avoir besoin.

Sur ces mots, elle se leva, récupéra ses sous-vêtements et

commença à se rhabiller avec une grâce toute naturelle. Incapable de la quitter du regard, Raul s'éclaircit la voix.

— Si nous dînions ensemble ?

Elle se tourna vers lui et le fixa, étonnée. De toute évidence, elle ne s'attendait pas à une proposition pareille. À vrai dire, il n'avait pas, lui non plus, l'habitude de lancer une invitation à dîner à une femme avec laquelle il venait de vivre un tel moment. C'était sans doute là le résultat de la journée pour le moins étrange qu'il venait de vivre.

— Il est trop tôt pour dîner, lui répondit-elle, la main levée vers le ciel clair.

Elle avait raison. Il n'était sans doute même pas encore 18 heures.

— Et je n'ai pas faim, ajouta-t-elle. Je vais juste prendre mes affaires et partir.

Le calme revenait après la tempête. Pourtant, Libby sentait la panique s'insinuer en elle. Les moments qu'elle venait de partager avec Raul étaient extraordinaires, mais cela ne lui ressemblait pas. Absolument pas. Elle avait donc besoin de se retrouver au plus tôt avec elle-même pour mieux comprendre, mieux assimiler ce qui s'était produit.

De ce fait, elle s'imaginait mal dîner en compagnie de cet homme. Sa seule présence l'incitait à se tenir sur ses gardes, comme s'il représentait un danger, alors qu'un peu plus tôt il lui inspirait une profonde confiance. Déstabilisée par ce mélange de sentiments, elle plaqua sur ses lèvres un sourire qui, espérait-elle, ne trahissait pas le trouble qui l'habitait.

— Eh bien, c'était... très agréable, dit-elle d'une voix aussi naturelle que possible. Assez bizarre aussi, il faut bien le dire.

Puis elle lui tendit la main, et sur le même ton bredouilla :

— Ravie de vous... de t'avoir connu.

Le recours à son tour au tutoiement lui procura un effet étrange, mais l'intimité qu'ils avaient partagée lui semblait l'imposer.

— Je suis, moi aussi, enchanté de t'avoir rencontrée, Libby Langham, répondit-il en serrant dans la sienne la main de la jeune femme.

Elle s'empressa de la retirer et lui tourna le dos. Il fallait qu'elle s'en aille, qu'elle quitte au plus vite ce bateau.

— Je suppose que vous plaisantez ?

L'inspecteur de police dévisagea Raul, les yeux grands ouverts.

— Pourquoi ? lui répondit Raul, immobile sur son siège.

— Parce que... disons que ce n'est pas fréquent ! Ces gamins ont essayé de voler votre yacht qui coûte une fortune, ils vous ont frappé à la joue, enfermé dans une cabine, et vous vous dites prêt à couvrir leurs frais de scolarité.

L'air toujours médusé, l'inspecteur glissa les doigts dans sa masse de cheveux bruns.

— Je veux simplement leur offrir toute l'aide dont ils ont besoin, affirma Raul en hochant la tête. J'aimerais que vous organisiez une réunion avec leurs parents cet après-midi même.

Il baissa les yeux vers sa montre et réprima une grimace. Il devait prendre l'avion plus tard dans la soirée et ne disposait donc pas de beaucoup de temps pour régler cette affaire. Mais, étant issu d'un milieu pauvre et ayant grandi dans la rue, il avait lui-même accompli certains actes dont il n'était pas très fier. Il savait donc à quel point il était facile de prendre un mauvais tournant dans l'existence, de commettre des erreurs, surtout quand personne ne vous croyait capable de mieux.

Il avait néanmoins réussi à surmonter ces obstacles, à trouver en lui cette confiance qui lui faisait défaut, et à avancer dans la vie. Donc, quand le hasard plaçait sur sa route des jeunes que le destin n'avait pas spécialement choyés, il mettait un point d'honneur à tenter de les aider, à leur offrir l'espoir qu'ils méritaient.

— Ces gosses ont enchaîné les ennuis dans leur vie, déclara l'inspecteur, toujours surpris par l'attitude de Raul.

— Raison de plus pour essayer de les mettre sur une autre voie, de leur montrer qu'ils sont capables de mieux faire. Je compte sur vous pour organiser ce rendez-vous. S'ils ont besoin d'aide, je la leur apporterai.

Il quitta le commissariat, satisfait de réagir ainsi, d'être prêt à apporter à ces garçons ce qui leur manquait. Comme ces mots lui venaient à l'esprit, il s'aperçut que quelque chose lui manquait, à lui. Plus exactement, quelqu'un.

Libby.

Les souvenirs affluèrent. L'odeur de sa peau, le goût de ses lèvres, le contact de son corps contre le sien. Le plaisir qu'il avait éprouvé. Et soudain un brusque désir le submergea. Il secoua la tête, s'efforçant de chasser de son esprit ces images toutes fraîches.

Il accéléra le pas, cherchant à se concentrer sur sa prochaine destination, sa prochaine conquête, son prochain défi. Il n'avait pas pour habitude de regarder en arrière, de revivre les mêmes expériences.

Et surtout il évitait de rester trop longtemps quelque part ou avec quelqu'un, afin de ne pas s'attacher.

3

Trois mois plus tard

C'était un miracle qu'elle ait conservé cette carte de visite, car elle n'avait jamais eu l'intention de solliciter l'aide de Raul. Ses doigts l'avaient sans doute frôlée chaque fois qu'elle avait réglé un achat par carte bancaire, mais elle s'était évertuée à ne pas y prêter attention, afin de ne pas raviver le souvenir de Raul Ortega. Bien qu'elle n'ait pas besoin de cela pour le faire rejaillir. Il était gravé en elle, d'une façon qui lui paraissait assez pénible, compte tenu du temps assez limité qu'ils avaient passé ensemble. Il lui suffisait de fermer les yeux pour se rappeler l'intensité du beau regard gris, le goût de ces lèvres, le contact de cette peau brûlante sur la sienne.

Et maintenant que faire ? se demanda-t-elle, prise d'une sorte de vertige. Elle posa le regard sur ses genoux, où reposait le bâtonnet blanc, strié de deux traits rose vif. Sidérée, elle sentit la panique monter en elle.

Enceinte !

Comment était-ce possible ?

Ils s'étaient protégés.

Et cela ne s'était produit qu'une seule fois.

Ils se connaissaient à peine.

Toutes ces pensées l'assaillaient, se bousculaient dans son

esprit, la terrifiaient. Pourquoi s'être lancée dans une telle aventure, aussi intense qu'éphémère ? Quelle folie !

Tandis que des larmes brûlantes lui montaient aux yeux, elle lâcha un gémissement et se laissa aller contre les coussins usagés du canapé. D'un geste instinctif, elle posa la main sur son ventre, pour l'heure toujours plat.

C'était l'histoire qui se répétait, songea-t-elle, accablée. Elle avait, elle aussi, été « un accident ». Élevée par une mère célibataire, elle n'avait pas connu son père. Elle n'était même pas certaine que sa mère ait su qui il était. Et, en supposant qu'elle l'ait su, elle s'était bien gardée de lui transmettre la moindre information.

Elle se tapota le ventre, soudain consciente qu'un petit être était en train d'y pousser, et éprouva un sentiment étrange. Un sentiment qui lui était tout à fait inconnu.

L'amour qu'elle avait porté à sa mère relevait presque du sens du devoir. En y réfléchissant bien, Libby s'apercevait qu'elle avait été pendant très longtemps la responsable du foyer. Elle avait assumé pendant des années des tâches telles que le ménage, les courses, les repas. Entre l'école et ces différentes corvées, elle s'était bien souvent sentie trop fatiguée pour vivre une adolescence normale. Quant à l'université ? Hors de question. Cela se serait avéré impossible.

Et maintenant, alors qu'elle avait l'impression que sa vie se stabilisait, elle découvrait qu'elle était enceinte. Elle allait devoir affronter la monoparentalité sans aucun soutien. Comme l'avait fait sa mère, songea-t-elle, effondrée. Après tant d'efforts pour emprunter une voie différente, elle se retrouvait face à une situation identique à celle qu'avait vécue sa mère.

Et elle en était tout bonnement horrifiée.

Allongée sur le canapé, elle plia les genoux et les entoura de ses bras avant de tourner la tête vers la carte de visite de Raul, qu'elle avait laissée sur un coussin. La perspective de l'appeler pour lui annoncer la nouvelle la terrifiait. Celle de la lui cacher aussi.

New York scintillait, pareille à une nuée d'étoiles, mais Raul le remarquait à peine. Il s'était juré de ne jamais rien tenir pour acquis. Quand il travaillait dur pour réussir, quand il gravissait les échelons. Mais comment ne pas s'habituer au succès, à la richesse ? Étant milliardaire depuis presque dix ans, il avait tendance à ne plus prêter attention à l'opulence dans laquelle il vivait, aux privilèges dont il bénéficiait. De ce fait, la vue merveilleuse dont il jouissait, face à l'Empire State Building, le laissait indifférent.

Lorsque la sonnerie de son téléphone retentit, il fut tenté de ne pas répondre. Mais il s'agissait d'une ligne privée dont il ne donnait le numéro qu'à très peu de gens. Si quelqu'un l'appelait sur cette ligne, il s'agissait sans aucun doute d'une affaire importante. Il tendit donc la main vers le smartphone et le coinça sous son menton.

— Ortega, grommela-t-il.

Dehors, il avait commencé à neigeoter. De légers flocons blancs virevoltaient derrière la fenêtre, mais il ne s'en aperçut pas. S'il s'était approché de la vitre, s'il avait regardé tout en bas, il aurait pu voir le visage émerveillé des enfants levé vers le ciel, la joie des passants.

— Allô ? fit-il, impatient.

— Mmm… bonsoir.

La voix très douce lui parut familière. Et, bien qu'il ne parvienne pas à l'identifier, il sentit son estomac se nouer.

— Qui est à l'appareil ? demanda-t-il, sur la défensive.

Toute personne capable de susciter en lui une réaction pareille ne pouvait que l'inciter à se montrer méfiant. Le silence se fit alors sur la ligne, suivi d'un bruit de respiration lourde. Il prenait le téléphone dans sa main quand la communication s'interrompit. Quelle que soit la personne qui l'avait appelé, elle avait raccroché.

Il se leva d'un bond et avança vers la fenêtre. Posté derrière la vitre, il plongea les mains dans les poches de son pantalon et posa un long regard absent sur la vue qui s'offrait à ses yeux. Une sensation de malaise le gagnait, comme s'il avait raté quelque chose – ou quelqu'un – d'important.

Libby était consciente d'avoir fait preuve de lâcheté, mais le simple son de la voix de Raul l'avait privée de tous ses moyens. Elle s'était soudain sentie incapable de coordonner ses pensées, et encore plus de parler. Le jour où ils s'étaient rencontrés, elle avait été saisie par l'autorité naturelle qui émanait de lui. Cette autorité, elle venait de la percevoir dans sa voix alors qu'il n'avait prononcé que quelques mots. Et elle n'avait pas eu le courage d'aller plus loin, de se présenter, de lui exposer l'objet de son appel.

Car elle savait bien que la nouvelle qu'elle s'apprêtait à lui annoncer aurait sur sa vie l'effet d'une bombe et que cette autorité évidente risquait de se retourner contre elle. Elle devait donc d'abord élaborer un plan afin d'être à même de répondre avec assurance aux questions qu'il ne manquerait pas de lui poser.

Ce fut aux premières lueurs de l'aube que la réponse vint soudain à l'esprit de Raul. Le souffle rauque qui avait résonné dans l'appareil était bien celui qui était longtemps resté gravé dans sa mémoire. Et ce n'est que quand il retrouva l'intimité de sa maison et se glissa nu dans son lit que les images de cet échange aussi fugace que passionnel surgirent soudain en lui.

Libby !

Elle s'était enfin décidée à l'appeler, pensa-t-il, ravi. Puis ce plaisir céda aussitôt la place à l'inquiétude. Ne lui avait-il pas remis sa carte de visite en lui disant qu'elle n'hésite pas à le joindre si elle était confrontée à un quelconque problème ?

Donc ?...

Les événements qui s'étaient déroulés ce jour-là sur le bateau avaient pu provoquer en elle un traumatisme. Il fallait qu'il s'assure qu'elle allait bien. Il aurait d'ailleurs dû y songer plus tôt. Toutefois, il ignorait comment la joindre. Il lui avait donné ses coordonnées, mais n'avait pas les siennes.

Incapable de s'endormir, bien que levé très tôt le matin, Raul se redressa sur le lit et essaya d'imaginer des stratégies pour réussir à venir en aide à Libby Langham – puisque apparemment elle en avait besoin, de cette aide.

De toute évidence, les « nausées matinales » ne survenaient pas que le matin, songea Libby, tournée vers le miroir de la salle de bains. Après avoir lutté contre ces nausées et n'avoir quasiment rien pu avaler de la journée, elle s'était forcée à manger une biscotte ce soir-là en rentrant du travail, dans le seul but d'apporter un peu de nourriture au bébé qu'elle portait. Mais cela n'avait pas apaisé ses douleurs d'estomac, bien au contraire.

Elle se sentait un peu mieux maintenant, après avoir pris une douche et mis un débardeur avec une jupe ample. Assez en tout cas pour envisager de boire une tasse de thé. Elle se dirigea donc vers la cuisine, remplit la bouilloire et, en attendant que l'eau soit chaude, se posta à la fenêtre. De là, la vue n'avait rien de bien agréable : un mur de briques accolé au bâtiment voisin.

Certains éléments réussirent cependant à lui alléger le cœur : les fleurs rose vif des bougainvilliers qui coulaient le long du mur d'enceinte.

Quand la bouilloire s'éteignit, elle versa l'eau chaude dans la tasse, regarda la couleur brune du sachet de thé se répandre, et étouffa un bâillement. Elle était souvent fatiguée ces derniers temps, et le fait de s'être vu ajouter des heures supplémentaires depuis la semaine précédente n'arrangeait rien.

Quoi qu'il en soit, elle était consciente de la bombe à retardement que représentait cette grossesse. Il allait falloir qu'elle commence à mettre de l'argent de côté, et sans tarder, afin de pouvoir bénéficier de quelques mois de congé après la naissance du bébé.

Et ensuite ?

Elle devrait impérativement trouver un emploi qu'elle puisse exercer à domicile, aucun doute là-dessus. Continuer à travailler pour l'agence comme femme de ménage s'avérerait impossible. Elle pourrait éventuellement accepter les tâches de repassage, mais ne s'y résoudrait qu'en tout dernier recours, car c'était là une activité qu'elle détestait.

Quelle autre possibilité s'offrait à elle ?

Elle lança un regard par-dessus son épaule, vers le réfrigérateur où était affichée la brochure du campus local présentant les différentes formations pour adultes. La perspective de suivre des cours du soir afin d'obtenir un diplôme avait quelque chose de terrifiant, mais c'était nécessaire. Serait-elle capable de mener à bien un tel projet ? Elle se mordit la lèvre inférieure et posa la main sur son ventre.

Comment le savoir ? Elle n'avait pas eu la chance de s'investir dans des études, car sa mère avait souhaité qu'elle participe le plus tôt possible aux frais du foyer. Elle avait cependant tenu bon, car, si elle n'avait pas toujours été prête à lutter dans sa vie, obtenir son baccalauréat avait représenté pour elle un combat auquel elle avait refusé de renoncer. Certes, travailler tout en étudiant s'était avéré épuisant, stressant. Elle aurait obtenu de bien meilleures notes si elle avait eu la possibilité de se consacrer exclusivement à ses cours, mais elle avait dû se contenter de résultats suffisants pour réussir les examens.

Et maintenant, pourquoi ne pas reprendre des études ? Qu'est-ce qui l'en empêchait ? Ce serait fatigant, soit, mais elle aurait au moins l'impression de se donner les moyens de réussir, et serait ainsi en mesure de subvenir aux besoins de son enfant.

Elle ouvrait la porte du réfrigérateur pour y prendre un peu de lait pour son thé quand des coups retentirent à sa porte. Le cœur battant, elle se pencha à la fenêtre de la cuisine pour voir qui frappait ainsi chez elle, mais la personne en question s'était mise à l'abri du porche et était donc invisible.

Pressée de boire son thé, Libby avala en grimaçant une gorgée du liquide brûlant, puis traversa le petit appartement et plaqua un sourire poli sur ses lèvres avant d'ouvrir la porte. Sourire qui se figea aussitôt quand elle reconnut la personne qui se tenait sur le palier, juste en face d'elle.

Raul Ortega.

Elle n'en croyait pas ses yeux ! Le souffle court, elle s'agrippa à la porte. Jamais elle n'aurait imaginé que..., qu'il...

— Que fais-tu ici ? articula-t-elle, la gorge nouée.

— Tu m'as appelé, Libby.

Le son de cette voix masculine qui la replongeait dans un passé si proche et si marquant la fit frissonner. Elle avala sa salive et, d'instinct, porta la main à son ventre.

— J'en ai déduit que tu avais besoin de quelque chose, ajouta-t-il sans la quitter du regard.

Gagnée par l'angoisse, elle serra un peu plus fort entre ses doigts le battant de la porte. Pourquoi s'était-il déplacé ? Cette conversation, elle ne tenait pas à l'avoir en personne avec lui. À vrai dire, elle aurait préféré ne jamais l'avoir. Mais elle avait su, dès qu'elle avait découvert sa grossesse, qu'elle ne chercherait pas à séparer l'enfant de son père. Jamais. Après avoir elle-même vécu sans père, elle ferait en sorte de toujours maintenir le lien qui les unissait. À ses yeux, il s'agissait d'une relation fondamentale.

Elle avait donc bien l'intention d'informer Raul du résultat pour le moins inattendu de leur brève relation... mais pas tout de suite. Elle avait besoin de se préparer, de rassembler tout son courage pour affronter une épreuve de cette taille. Or, comment y parvenir alors qu'il se tenait juste en face d'elle, si près qu'elle sentait presque son souffle chaud sur son visage ? Elle n'était pas prête à ce qui allait suivre. Mais avait-elle le choix ?

— Raul..., dit-elle.

Elle en resta là, incapable de continuer, puis répéta son nom, espérant que cela lui apporterait la force nécessaire pour poursuivre, ce qui ne fut pas le cas. Elle avait au contraire l'impression que ses pensées s'emmêlaient de plus en plus dans son esprit.

Pourquoi était-il à Sydney ? Y était-il venu après avoir reçu son semblant d'appel, ou s'y trouvait-il déjà quand elle avait cherché à le joindre ? La deuxième option était sans doute la bonne, car il paraissait peu probable qu'il ait décidé de s'envoler pour l'Australie à la suite d'un appel de quelques secondes à peine.

Tout cela n'en restait pas moins déstabilisant pour autant. Ils auraient donc séjourné tous deux dans la même ville, ces dernières semaines, sans être au courant du fruit de leur parenthèse « amoureuse » ?

— Pourquoi m'as-tu téléphoné ? demanda Raul.

Il s'était adressé à elle d'un ton impérieux, autoritaire. Celui qu'elle lui connaissait, en fait, si ce n'est que ce fameux après-midi il l'avait utilisé pour s'adresser aux jeunes délinquants qui cherchaient à dérober son bateau.

— Je…

Incapable d'en dire davantage, elle passa la langue sur ses lèvres sèches. Elle ne se rappelait pas s'être sentie aussi angoissée de sa vie, ce qui était pour le moins bizarre puisqu'elle se préparait mentalement à cette conversation depuis plus d'une semaine. Les yeux de Raul se posèrent sur ses lèvres et elle eut l'impression que le sol se dérobait sous ses pieds.

— Entre, ajouta-t-elle d'une voix à peine audible, tout en s'écartant pour le laisser passer. Ça… ne sera pas très long.

Les sourcils froncés, il glissa les mains dans ses poches et hocha la tête en un geste sec. Très sec. Ce qui incita Libby à tourner les talons pour traverser le couloir du petit appartement qu'elle occupait. Et, soudain consciente de son exiguïté, de sa piètre apparence, elle eut honte de vivre dans un endroit pareil. Qu'allait penser Raul de ce lieu minuscule, où étaient disposés quelques meubles pour la plupart prêtés et en piteux état ? Elle avait recouvert le canapé d'une couverture achetée dans une friperie, et la table, d'une nappe elle aussi de seconde main.

Mais pourquoi aurait-elle dû s'excuser de sa situation financière ? Au contraire, Libby était fière d'avoir réussi à se tirer d'affaire à la force du poignet. Raul était cependant si différent des gens qu'elle avait côtoyés jusque-là... Assez en tout cas pour qu'elle ne tienne pas à exhiber ses origines.

— Je viens de me préparer une tasse de thé, dit-elle d'une voix qui se voulait naturelle. Veux-tu boire quelque chose ?

Ils venaient d'arriver dans la cuisine et elle prit la tasse entre ses deux mains.

— Non, merci.

Son regard gris se fit plus acéré tandis qu'il ajoutait :

— Comment vas-tu ?

Elle avala deux longues gorgées de thé avant de répondre.

— Bien. Très bien. Et toi ?

Il marqua une pause.

— Bien aussi.

Pour cacher sa nervosité, elle porta de nouveau la tasse à ses lèvres. Ces retrouvailles étaient désastreuses, surtout comparées aux moments intenses qu'ils avaient partagés juste avant de se séparer. Bien sûr, les circonstances étaient totalement différentes. L'aventure qu'ils avaient vécue ensemble quand les quatre jeunes gens s'étaient emparés du bateau avait fait naître en eux une sorte d'effervescence qui les avait propulsés dans les bras l'un de l'autre.

La situation actuelle était incomparable. L'estomac noué, Libby tentait de trouver en elle la force nécessaire pour passer à l'action. Elle n'avait pas le choix.

— Pour quelle raison m'as-tu appelé ? lui demanda-t-il de nouveau.

Les bras croisés, il s'adossa au mur de la cuisine. Bien que très petite, cette pièce était celle que Libby préférait dans l'appartement. La vue sur les magnifiques bougainvilliers n'y était sans doute pas étrangère, et elle avait aussi fait en sorte d'y apporter des notes de couleur afin de la rendre plus agréable et accueillante.

Elle but une autre gorgée de thé, consciente qu'elle ne pourrait pas reculer plus longtemps le moment de vérité.

— Eh bien, je... J'ai pensé qu'il fallait que tu saches...

Comme elle en restait là, il hocha la tête, l'incitant à poursuivre.

— Que je sache quoi ?

Elle posa la tasse et lâcha un rire saccadé qui reflétait toute son anxiété.

— Mon Dieu, c'est bien plus difficile que je l'avais imaginé !

En effet, cette scène virait pour elle au cauchemar. Elle avait l'impression de sombrer dans un profond trou noir.

Arquant un sourcil, Raul se rapprocha d'elle.

— Tu es sûre que ça va ?

— Non !

La réponse avait jailli de ses lèvres, sans qu'elle parvienne à la contrôler.

— Enfin... pas très bien, fit-elle en se passant les mains sur le visage. Mais pas si mal non plus...

— J'ai du mal à te suivre, déclara-t-il, perplexe.

— Bien sûr, je comprends.

Elle tourna la tête, fuyant son regard perçant, et murmura :

— Il se trouve que... ce jour-là...

Le silence s'installa dans la pièce. Un silence pesant, presque palpable, troublé seulement par le tic-tac de la petite pendule. Jamais jusqu'ici elle n'avait prêté attention à ce bruit régulier qui comptabilisait les secondes.

— Raul, je suis enceinte, dit-elle enfin, détachant chaque syllabe. De trois mois et demi. Tu es le père de cet enfant.

4

Raul n'aurait jamais cru que le monde puisse un jour s'effondrer autour de lui… jusqu'à cet instant précis où il eut l'impression que celui-ci volait en éclats. Son être tout entier refusait ce qu'il venait d'entendre. Il eut l'envie incongrue de tendre les bras pour essayer de réduire en miettes les paroles prononcées par la jeune femme quelques secondes plus tôt.

C'était impossible, il ne pouvait pas être père. Ce rôle, il ne pouvait l'assumer. Il était né solitaire, avait grandi en solitaire, et c'était là ce qui lui convenait le mieux.

Il inspira plusieurs fois à petits coups, puis fixa Libby, comme s'il avait pu ainsi effacer les mots qu'elle avait prononcés. Ou bien leur donner un autre sens. Elle avait la tête penchée en avant, et le soleil qui entrait par la porte de la cuisine donnait à sa chevelure l'apparence d'un halo doré.

Ses yeux furent alors attirés par son ventre. Il était plat, aussi plat que ce fameux après-midi sur le bateau. Puis il redressa légèrement la tête et son attention se porta sur sa poitrine, qui lui parut plus ronde que dans son souvenir. Était-ce là une preuve que la grossesse qu'elle venait de lui annoncer était réelle ?

Pourquoi lui mentirait-elle ?

Il avait utilisé un préservatif, mais savait que cette protection n'était pas fiable à cent pour cent. Le regard rivé sur le mur, il se frotta lentement le menton. Cette annonce pour le moins inattendue l'avait déstabilisé, mais il se ressaisissait, à présent, et son cerveau fonctionnait à toute allure afin d'analyser au plus vite la situation.

Manifestement, Libby Langham ne nageait pas dans l'opulence. La profession qu'elle exerçait ne comptait pas parmi les mieux rémunérées, et l'appartement qu'elle occupait était modeste, ce qui confirmait qu'elle disposait de moyens limités. Considérait-elle cette grossesse comme une façon d'augmenter ses revenus ? Était-ce là son objectif ?

Non qu'elle ait pu planifier une chose pareille, bien sûr. Cela relevait de l'impossible.

Des événements imprévus s'étaient enchaînés ce jour-là et avaient abouti à ce rapport physique aussi bref que fougueux. Tout cela s'était passé de façon spontanée, mais il n'avait pas oublié pour autant la protection qu'il utilisait toujours en pareilles circonstances. Sans prendre la peine de poser la question à Libby, il avait pensé qu'elle avait, elle aussi, recours à un moyen contraceptif, vu son âge.

Apparemment, il s'était trompé.

— Je vois..., dit-il enfin d'une voix neutre, dénuée de toute forme d'émotion.

En entendant ces mots, la jeune femme resta prostrée dans la même position : tête basse, évitant son regard.

Raul, lui, continuait à se poser mille questions. Rien ne l'avait préparé à un événement pareil. Son existence avait certes été jalonnée d'expériences – et pas toujours des meilleures –, mais rien de comparable à ce qu'il vivait à cet instant précis.

Quelles étaient les intentions de Libby ? Comment devait-il réagir ? Jamais il n'avait envisagé d'être père, se répéta-t-il. Jamais ! Et pourtant il sentait monter en lui quelque chose de nouveau. Quelque chose qui le poussait à se battre pour cet enfant pourtant non désiré.

— Et... ? ajouta-t-il, incitant ainsi Libby à poursuivre.

Elle redressa la tête et leurs regards restèrent rivés l'un à l'autre pendant les instants qui suivirent. Cette femme qui le fixait et qu'il connaissait à peine était la mère de son enfant. Elle portait en elle le fruit de leurs rapides ébats. Soudain, un instinct possessif primaire jaillit en lui.

Ce fut le moment qu'elle choisit pour reprendre la parole, d'une voix altérée :

— Je n'ai pas connu mon père. Je ne sais même pas comment il s'appelait.

Il vit ses sourcils se froncer et comprit qu'elle réfléchissait à ce qu'elle s'apprêtait à ajouter.

— Je ne tiens pas à t'impliquer dans ce… cette histoire. Je n'ai pas besoin de toi.

Ces derniers mots, elle les avait prononcés le menton relevé en une sorte de geste de défi.

— Mais j'ai pensé que tu devais être informé. Et notre enfant saura qui est son père. Libre à toi de choisir le rôle que tu souhaites jouer dans sa vie, et à lui de décider de la place qu'il veut te laisser dans la sienne, quand il sera assez grand pour le faire.

Pour la seconde fois en l'espace de quelques minutes, Raul eut l'impression que le monde dans lequel il vivait s'effondrait. C'était là une sensation qui lui avait été inconnue jusqu'alors et qui ne lui plaisait pas du tout.

À son arrivée chez la jeune femme, il avait remarqué qu'elle paraissait très perturbée. Puis, au fur et à mesure qu'elle décrivait la situation, elle avait repris confiance en elle.

Imaginait-elle l'impact que cette annonce avait eu sur lui ? Sans doute pas. Confronté à une situation qui lui échappait totalement, il cherchait à se débattre pour trouver une issue. Ce qu'il vivait ressemblait à un mauvais rêve, mais c'était pourtant la réalité. Libby lui laissait toutefois entrevoir une porte de sortie : il pouvait lui proposer un soutien financier qui lui permettrait de vivre confortablement et d'élever cet enfant sans lui.

Mais ce n'était pas si simple. Ne pas vouloir d'enfant était une chose, ignorer le sien en était une autre. Compte tenu de ce qu'il avait vécu, il lui serait impossible d'opter pour ce genre de solution. Et il n'avait aucun besoin de consulter un psychothérapeute pour en deviner la cause. Personne ne l'avait protégé, ne s'était battu pour lui. Personne. Et, tant qu'il lui resterait un souffle de vie, il n'imposerait pas à un de ses enfants ce que lui avait réservé le destin.

— Si je comprends bien, tu envisages d'élever seule cet enfant ?

Il perçut une pointe de dérision dans sa propre voix et se reprocha aussitôt son attitude. Cette approche n'était certainement pas la bonne, mais il avait du mal à contrôler ses émotions.

— Pourquoi pas ? répliqua-t-elle en croisant les bras sur sa poitrine.

Comme elle faisait ce geste, Raul ne put s'empêcher de fixer son buste, les rondeurs de ses seins. Il ressentit une brusque poussée de désir, ce qui ne manqua pas de le surprendre en de pareilles circonstances, et il s'empressa de reporter son attention sur les grands yeux bleus de la jeune femme.

— Comment t'y prendras-tu d'un point de vue financier, Libby ?

Qu'allait-elle répondre ? Voyait-elle en lui un gros carnet de chèques ? Si tel était le cas, elle avait une chance à saisir. Car il était hors de question qu'il n'apporte pas son soutien financier à son enfant, aucun doute là-dessus. Mais il tenait à en apprendre davantage sur la jeune femme, car il ne savait rien d'elle et tenait à combler ces lacunes. Non parce qu'elle l'intéressait, mais parce qu'elle était la mère de son enfant.

— J'ai quelques idées, avança-t-elle alors.

Raul la fixa intensément.

— J'examine encore quelques détails, mais tu n'as aucun souci à te faire, précisa-t-elle d'un ton un peu hautain. Rassure-toi, Raul, je ne te demanderai pas un centime.

Il réprima une grimace, gêné qu'elle ait en quelque sorte lu dans ses pensées.

— Tu auras quand même besoin d'une aide financière, déclara-t-il, et il va de soi que je te la fournirai.

En entendant ces mots, elle fronça les sourcils.

— Comme je viens de te le dire, je ne veux pas de ton argent.

— Pour quelle raison ? demanda-t-il, intrigué.

Libby haussa les épaules.

— Tout simplement... parce que je suis capable de me tirer d'affaire toute seule.

— Tu sais que je suis un homme riche, n'est-ce pas ? ajouta-t-il, cherchant toujours à cerner ses intentions.

— Oui.

— Et tu penses que je te laisserais élever seule un enfant dont je suis le père, en étant conscient de tes moyens assez limités ?

Comme il prononçait ces derniers mots, il remarqua que la jeune femme regardait autour d'elle et regretta ce commentaire en voyant ses yeux s'embuer de larmes. Le petit appartement n'était certainement pas des plus reluisants, mais de toute évidence elle s'était employée à le rendre aussi agréable que possible.

Cependant, à quoi bon tenter de nuancer ses propos ? Mieux valait s'efforcer de lui faire entendre raison.

— Je n'ai jamais voulu avoir d'enfant, déclara-t-il d'un ton calme.

Elle leva les yeux vers lui et serra les lèvres avant d'asséner :

— Rien ne t'oblige à te sentir impliqué dans cette naissance.

— À ce stade, je ne crois pas avoir le choix...

Comme elle écarquillait les yeux, il ajouta :

— Ce qui se passe relève de l'imprévisible. Je suis assez méticuleux en matière de protection, précisément pour cette raison. J'ai toujours fait en sorte d'éviter le moindre risque. Il semblerait pourtant que...

À ce moment précis, une idée lui vint à l'esprit. Une idée qui ne lui plaisait pas, mais qui s'imposait à lui avec une force telle qu'il ne pouvait l'ignorer.

— Es-tu bien certaine de ce que tu avances ?

Libby lui tourna le dos, ouvrit un tiroir et en sortit une grande enveloppe. Après avoir hésité quelques secondes, elle la lui tendit. Il la prit, l'ouvrit, et ne put que constater l'évidence du résultat affiché sous ses yeux. Il s'agissait d'une échographie où se devinait la silhouette d'un bébé.

Son enfant.

Il l'observa attentivement, s'attendant à ressentir une bouffée d'amour pour cette minuscule chose aux contours flous. Mais ce qu'il éprouvait était un besoin impérieux de tout mettre en œuvre pour que ce petit être ne manque de rien. Pour qu'il soit protégé comme il ne l'avait, lui, jamais été.

— J'ai passé une échographie qui a confirmé le résultat du test : je suis bel et bien enceinte. Désolée. Et tu es bien le père de cet enfant… parce que je n'ai eu de rapport sexuel avec personne d'autre que toi… ces derniers mois.

Il remit l'échographie dans l'enveloppe et la lui tendit.

— Je te crois, s'entendit-il murmurer.

— Peut-être, mais ça ne rend pas la situation plus facile pour autant.

— En effet. Quoi qu'il en soit, dans la mesure où nous ne pouvons à présent rien y changer, je suggère que nous élaborions un plan.

« Je suggère que nous élaborions un plan. »

Raul imaginait-il à quel point ces mots lui paraissaient réconfortants ? Ces deux dernières semaines, elle les avait passées totalement seule, à s'interroger maintes et maintes fois sur ce que lui réservait l'avenir. Et voilà qu'il lui tendait la main, lui proposait de l'aider à organiser ce futur qui, à quoi bon le nier, l'effrayait. Elle se sentit gagnée par une merveilleuse vague de soulagement – sensation qui fut de courte durée.

— Moi non plus, je n'ai pas connu mon père, Libby. Ni ma mère. Je n'en garde que de très vagues souvenirs.

Les traits tendus, il marqua une pause avant de reprendre la parole.

— Désormais, nous partageons un point commun essentiel.

Elle retint sa respiration, s'interrogeant sur ce qui allait suivre.

— Nous avons tous les deux connu des débuts assez difficiles dans la vie, qui ne nous ont certainement pas apporté tout ce dont peut avoir besoin un enfant.

Elle baissa les paupières. Elle se reconnaissait très bien dans cette description et se rappelait la première promesse qu'elle avait faite à ce bébé quand elle avait découvert son existence. Elle s'était engagée à toujours être auprès de lui pour le protéger de la douleur et de l'instabilité dans lesquelles elle avait grandi et dont elle avait tant souffert.

— Je ferai donc en sorte que cela ne se reproduise pas, conclut-il d'un ton ferme.

— C'est exactement mon ressenti. Raison pour laquelle je tenais à ce que tu sois informé.

— Tu voulais surtout me laisser libre de décider si je souhaitais m'impliquer ou pas dans mon rôle de père… ce qui n'a pas été le cas du tien. Mais cela ne suffit pas, Libby. Pas du tout, même.

Sentant ses forces l'abandonner, elle se rapprocha du plan de travail pour y prendre appui et avala une longue gorgée de son thé, qui avait tiédi, avant de s'exprimer.

— Et… que suggères-tu ?

Le silence s'installa autour d'eux, ce qui amplifia le son de l'horloge dans la pièce.

— Il existe une seule solution, répondit enfin Raul d'une voix neutre, dénuée de toute forme d'émotion.

Libby le fixait, attendant ce qui allait suivre. Que s'apprêtait-il à lui annoncer ? Qu'il était prêt à se battre pour que l'enfant grandisse auprès de lui ? Comme cette idée lui traversait l'esprit, elle blêmit.

— Raul, tu… n'envisages pas de réclamer la garde de l'enfant ? demanda-t-elle d'une voix tremblante. Je n'ai pas tes moyens, je le sais bien, mais je ferai tout mon possible pour lui donner le meilleur de moi-même. Tu ne peux pas…

— Je n'en ai aucune intention, déclara-t-il, l'empêchant d'aller plus loin.

Ces mots n'apportèrent pas à Libby l'immense soulagement qu'elle espérait. Elle était sur des charbons ardents, attendant qu'il formule enfin ce qu'il avait en tête.

— Je veux élever mon enfant, ajouta-t-il aussitôt.

À ce moment-là, elle eut l'impression que les battements de son cœur résonnaient dans tout l'appartement.

— Je tiens à faire partie de sa vie, à le voir tous les jours, pas seulement de temps en temps. Toi aussi, j'imagine ?

Incapable de parler, elle hocha la tête.

— Dans ce cas, la solution me semble simple. Évidente. Nous allons nous marier.

Elle eut soudain l'impression que ses jambes fléchissaient et, craignant de perdre l'équilibre, se rapprocha un peu plus du plan de travail.

— Non…, lâcha-t-elle dans un souffle, avant de porter la main à ses lèvres.

Quelque chose de précieux, qu'elle avait nourri en elle depuis qu'elle était petite fille, avait été balayé par ces mots prononcés d'un ton si détaché. La petite fille qui se cachait dans sa chambre pour lire des contes de fées romantiques et échapper ainsi à la réalité s'était promis qu'elle serait un jour, elle aussi, l'héroïne de l'une de ces belles histoires romantiques. Qu'elle trouverait à son tour son prince charmant, avec lequel elle vivrait une merveilleuse histoire d'amour.

Détestant les relations éphémères de sa mère, elle s'était promis d'attendre le temps nécessaire pour rencontrer la personne qui lui était destinée et avec qui elle partagerait toute sa vie.

Et voilà que Raul Ortega lui proposait un mariage dénué de toute forme de sentiment. Un contrat destiné à assurer le bien-être de leur enfant, qui anéantirait tous ses espoirs, tous ses rêves.

— C'est impossible, murmura-t-elle.

— Sache que je ne tiens pas, moi non plus, à me marier.

Cette fois encore, il s'était exprimé d'un ton neutre, presque froid, accentuant ainsi la sensation de souffrance qui s'était emparée d'elle. Elle se détourna de lui et porta son attention sur la fenêtre, dont cette fois la vue ne lui apporta aucun plaisir.

— Nous ne nous connaissons pas, allégua-t-elle.

— Quelle importance ? Cela ne nous empêche pas de nous marier avant l'arrivée du bébé. Cette union t'apportera tout le soutien dont tu as besoin.

À l'entendre, il considérait cela comme acquis.

— Tu vivras chez moi et disposeras de tout le confort nécessaire ainsi que d'une stabilité financière. Tu ne seras pas obligée de travailler – tu en auras la possibilité si tu le désires, bien entendu – et pourras donc être mère à plein temps. Libre à toi de choisir.

« Libre » ? Dans un mariage de raison ?

Elle se tourna vivement vers lui, et soudain la proximité de celui avec lequel elle avait partagé des moments si fougueux la plongea dans le passé. Bien plus troublée qu'elle ne l'aurait voulu, elle mit le plus de distance possible entre eux, ce qui n'était guère facile compte tenu de la surface de la pièce.

Comme elle secouait la tête, Raul reprit la parole.

— Quel genre de vie mèneras-tu si tu refuses ?

— Je serai capable de me tirer d'affaire ! s'exclama-t-elle, une pointe de défi dans la voix.

— Et est-ce que tu penses à la vie de cet enfant ? répliqua-t-il, se rapprochant d'elle et l'enveloppant d'un regard glacial destiné à la déstabiliser. Est-ce que tu te sens apte à lui offrir tout ce dont il aura besoin ?

Libby avala sa salive. C'était là un coup bas.

— Évidemment, répondit-elle, s'efforçant de contrôler les tremblements de sa voix.

Elle n'était cependant pas aussi sûre d'elle qu'elle le prétendait. Loin de là, même. Et cela représentait le problème le plus important qu'elle ait cherché à résoudre depuis qu'elle avait appris sa grossesse.

— Je l'aimerai assez pour faire en sorte qu'il ne manque de rien.

Raul marqua un temps d'arrêt avant de déclarer, d'un ton plus avenant, cette fois :

— Ça me semble compromis...

Elle réagit sur-le-champ.

— Que veux-tu dire par là ?

— Je suis prêt à tout lui donner, et tu choisis de refuser.

Comme elle le fixait, abasourdie, il jugea utile de préciser :

— L'union que je te propose n'a évidemment rien d'un mariage traditionnel. Ce serait, autant pour toi que pour moi, un sacrifice que nous ferions dans le but d'apporter à notre enfant tout ce qu'il lui faudra pour grandir dans un univers sécurisant. Tu ne crois pas que ce petit – ou cette petite – mérite que nous placions son bien-être avant toute chose ?

Avait-il idée de l'impact qu'avaient sur elle ces mots ? Il ne s'en doutait certainement pas, mais il était en train d'enfoncer le couteau dans la plaie, réduisant à néant ses rêves de jeunesse, l'espoir d'aimer et d'être aimée en retour. Au cours de ses longues nuits solitaires, que de fois elle avait imaginé son avenir... Oh ! rien d'extraordinaire, juste une vie de couple normale et heureuse, dans une jolie petite maison de campagne entourée d'un jardin fleuri. Les yeux mi-clos, elle voyait alors le soleil illuminer la pelouse où ils jouaient avec les enfants, leurs cœurs battant à l'unisson.

Un léger soupir franchit ses lèvres. C'était un fantasme, un rêve d'enfant. Raul avait peut-être raison... Elle avait passé l'âge de croire aux contes de fées. Il était sans doute temps de grandir, d'accepter la réalité, et surtout de laisser place aux priorités. En l'épousant, elle devrait renoncer à l'idée de rencontrer l'âme sœur, de vivre une belle histoire d'amour.

Mais il existait d'autres manières d'aimer, tout aussi importantes, et l'affection qu'elle ressentait déjà pour son enfant l'aiderait à panser sa blessure. Elle allait connaître le bonheur d'une petite main dans la sienne, celui des câlins, des baisers. Le plaisir de raconter des histoires, de faire découvrir le monde à ce petit être. De lui apporter tout ce dont elle avait été privée.

Raul avait raison, ce mariage représentait un sacrifice. Mais elle était prête à le faire, ce sacrifice, pour le bien du bébé qu'elle portait en elle. Il faudrait toutefois que cette union se fonde sur une bonne entente. Bien que l'amour conjugal soit rayé du tableau, ils devraient tout mettre en œuvre pour former une équipe et être de bons parents.

À ce stade de réflexion, elle décida qu'il était temps de reprendre la parole.

— D'un point de vue matériel, j'imagine que tu peux nous offrir la terre entière ou presque...

En parlant, elle s'était machinalement passé la main sur le ventre, ce qui attira le regard troublant de Raul sur cette partie de son corps et la fit se taire. Elle dut attendre quelques secondes pour puiser en elle la force de poursuivre.

— Mais, si j'accepte ta proposition, cela ne me suffira pas.

Il haussa les sourcils, visiblement surpris par ces mots.

— Ah ? Et quelles sont tes conditions ?

Son étonnement avait été des plus brefs. De toute évidence, les négociations n'avaient pour Raul Ortega aucun secret. Si ce n'est que, cette fois, les décisions à prendre ne concernaient pas une entreprise mais sa propre vie, et qu'elle était donc prête à défendre ses positions avec fermeté.

— Je tiens à ce que tout soit stipulé par écrit avant le mariage.

— En d'autres termes, tu veux que soit rédigé un contrat prénuptial ?

— Exactement. Imaginons qu'un imprévu se produise, ce qui n'est pas impossible... Nous ne nous connaissons pas assez pour nous faire une confiance aveugle, et supposons que notre mariage se passe mal, prenne fin, j'aimerais autant être assurée que tu continueras à... à « veiller » sur notre enfant.

Elle le vit serrer les mâchoires et comprit à quel point ses propos l'avaient heurté.

— Naturellement ! répliqua-t-il d'un ton sec.

— Désolée d'insister, mais ce n'est pas aussi naturel que tu as l'air de le penser. Après une séparation, beaucoup de femmes se trouvent confrontées à des situations très difficiles. Surtout dans des mariages comme le nôtre, où l'un des deux investit – d'un point de vue matériel – bien plus que l'autre.

Il plongea les mains dans ses poches et hocha la tête.

— Rassure-toi, je ferai en sorte que, quoi qu'il arrive, tu ne te retrouves pas dans le besoin.

Mal à l'aise, Libby se mordilla la lèvre inférieure.

— Il ne s'agit pas de moi... mais du bébé. Il faudrait par exemple créer pour lui un fonds fiduciaire, ou quelque chose de ce genre.

Aborder un sujet pareil avec cet homme la gênait beaucoup, mais cela s'avérait indispensable dans le contexte actuel.

— Tu ne sais pas ce que tu auras envie de vivre dans cinq ou dix ans, ni avec qui, ajouta-t-elle. Tu pourrais très bien finir par rencontrer quelqu'un qui exigera certaines décisions de ta part, et je ne voudrais pas que cela ait des répercussions sur l'avenir de notre enfant. Si j'accepte ta proposition, je tiens à ce qu'il ne coure aucun risque.

Il la dévisagea, un sourcil levé.

— Il y a quelques minutes à peine, tu paraissais prête à refuser toute forme d'aide de ma part, et maintenant tu as des exigences !

— En effet. Si je t'épouse, cet enfant s'habituera à vivre dans une certaine aisance que je ne serai probablement pas à même de lui offrir si nous nous séparons, et je préfère lui épargner ce genre d'épreuve. La stabilité joue un rôle très important dans le développement d'un enfant.

— Très bien.

Elle ignorait ce qu'il entendait au juste par là, mais décida qu'il semblait disposé à accepter sa requête, et attendit quelques secondes avant d'aborder le sujet qui lui tenait réellement à cœur.

— Et… comment fonctionnerait notre mariage ? s'enquit-elle, sentant le rouge lui monter aux joues.

— Dans quel domaine ?

Manifestement, il n'était pas prêt à lui faciliter la tâche, loin de là.

— Je sais bien que ce ne sera pas un vrai mariage… d'un point de vue… physique.

Elle en resta là, cherchant ses mots, et reprit d'une voix mal assurée :

— J'imagine sans mal l'opinion que tu as pu te faire de moi après ce qui s'est passé entre nous cet après-midi-là, sur le bateau… mais sache que je ne suis pas du tout le genre de personne à collectionner les aventures sans lendemain.

Il cligna des paupières et elle ne sut comment interpréter ce geste. La croyait-il, ou pas ? Après s'être éclairci la voix, elle hasarda :

— En revanche, c'est peut-être ta façon de fonctionner ?

Elle remarqua qu'il esquissait un sourire en coin.

— Continue, lui dit-il.

— Je n'attendrai pas de toi que tu changes du tout au tout, bien sûr… mais j'espère que tu sauras faire preuve de discrétion.

Ces mots ne provoquèrent pas la moindre réaction en Raul, qui se contenta d'incliner la tête de côté.

— Il est important que cet enfant ne grandisse pas dans le besoin, qu'il se sache bien entouré. Il ne faudrait pas par exemple que... qu'il imagine que ses parents ne sont pas heureux ensemble.

— Très bien, répéta-t-il de ce ton toujours aussi détaché.

— Nous devrons donc toujours nous montrer respectueux l'un envers l'autre, et...

Tout en parlant, elle essayait de mettre de l'ordre dans ses pensées, qui s'emmêlaient, vu le déroulement pour le moins imprévu de la situation.

— Il faudra aussi que nous apprenions à nous connaître suffisamment pour être...

Elle se tut, cherchant le mot adéquat.

— ... amis ? suggéra alors Raul.

Il s'était exprimé d'un ton cynique, ce qu'elle ne manqua pas de remarquer.

— Qu'y a-t-il de mal à cela ?

Il garda les yeux rivés sur elle pendant un long moment. Si long qu'elle eut l'impression que sa respiration se bloquait dans sa poitrine.

— D'accord, nous « apprendrons à nous connaître », déclara-t-il enfin, reprenant les mots qu'elle avait elle-même choisis. Dans la limite du raisonnable.

Libby fronça les sourcils.

— C'est-à-dire ?

— Comme je crois te l'avoir déjà précisé, nous n'allons pas nous engager dans un véritable mariage. Donc oui nous nous respecterons, oui nous essaierons d'établir entre nous des liens d'amitié, sans pour autant oublier le motif de cette union. Soyons clairs, Libby, je ne tomberai pas amoureux de toi, donc reste réaliste dans tes attentes. L'un comme l'autre, nous cherchons le bien-être de notre enfant, un point c'est tout !

Elle le dévisagea, les yeux écarquillés.

— Eh bien… on ne peut pas dire que tu manques d'ego !

Il haussa les épaules et tourna la tête.

— Je me borne à faire preuve d'honnêteté, ce qui me semble indispensable dans ce genre de… « transaction ».

Elle hésita puis acquiesça en murmurant :

— D'accord.

En pareilles circonstances, elle aurait dû apprécier cette sincérité, elle en était consciente. Mais la façon directe, presque brutale, dont Raul Ortega décrivait la situation la blessait, la replongeant dans ses rêves d'enfant. Rêves auxquels elle allait devoir renoncer, car, bien sûr, jamais il ne deviendrait ce prince charmant dont elle avait si souvent rêvé.

De ce fait, pourquoi cela la gênait-il autant de l'entendre parler ainsi de leur avenir ? Un avenir « commun » dénué de toute forme d'amour.

— Je suppose que tu devras toi aussi suivre les règles qui me sont imposées… ? À savoir, si tu as un amant, tu veilleras à ce que personne ne soit au courant de cette relation « extraconjugale ».

— Évidemment ! répondit-elle aussitôt en levant les yeux au ciel. Mais tu n'as aucun souci à te faire à ce sujet, je ne suis pas particulièrement portée sur le sexe.

Comme elle prononçait ces mots, elle lâcha un petit rire sec et ajouta :

— Ce qui, tu en conviendras, rend la situation actuelle d'autant plus bizarre.

Il restait muré dans le silence et, gagnée par un sentiment de malaise qui augmentait de seconde en seconde, Libby reprit la parole, pressée de combler ce vide.

— Trois ans passés dans une chasteté absolue, je te rencontre et je tombe enceinte ! lâcha-t-elle, sarcastique. Décidément, le destin nous a joué un drôle de tour…

5

Bien que surpris, Raul décida de garder pour lui les questions qui lui brûlaient les lèvres. Libby venait de lui avouer qu'elle n'avait pas fait l'amour depuis une éternité quand tous deux avaient laissé libre cours à cette pulsion qui les avait projetés dans les bras l'un de l'autre. Comment l'expliquer de la part d'une jeune femme aussi sensuelle et passionnée ? Chassant cette interrogation de son esprit, Raul se concentra sur le moment présent.

— Quoi qu'il en soit, aucun retour en arrière n'est envisageable.

— En effet, répondit Libby en le fixant intensément. Ce qui m'amène au point suivant.

— Lequel ?

Libby roula des prunelles.

— Puisque nous parlons mariage, ne serait-il pas pertinent d'aborder certains détails ?

Elle avait raison, inutile de le nier, mais l'important était qu'ils partageaient le même but : l'enfant à naître figurait parmi leurs plus hautes priorités.

— Quels détails ? demanda Raul.

— L'endroit où nous vivrons, pour commencer.

— Le siège de ma société se trouve à New York.

Libby avala sa salive.

— New York ? répéta-t-elle doucement. Pour de vrai ?

Il étudia son visage pâle.

— Ça ne te plaît pas ?

— Je n'y suis jamais allée… Je ne suis jamais allée nulle part. Je ne peux pas déménager à New York comme ça…

— Pourquoi ? Qu'est-ce qui te retient ici ?

Elle jeta un regard circulaire.

— As-tu de la famille ? demanda Raul. Des gens sur qui tu peux compter ?

— J'ai des amis, finit-elle par répondre d'un ton incertain.

Raul laissa échapper un soupir.

— Nous pourrons revenir ici si tu n'aimes pas New York. Mais, dans un premier temps, il faudra que nous y séjournions. Je ne peux pas déplacer mon entreprise de New York à Sydney du jour au lendemain.

— En réalité, tu ne souhaites même pas l'envisager.

— Je suis prêt à tous les compromis pour cet enfant, je te demande seulement de faire la moitié du chemin.

— New York se situe de l'autre côté de la planète, pas à mi-chemin, répliqua Libby d'un air buté. Je n'ai même pas de passeport.

Les sourcils de Raul se rapprochèrent tandis qu'il tentait d'assimiler les arguments que lui opposait Libby. Il comprenait la vulnérabilité dont elle faisait preuve, même si elle lui était étrangère, du fait de son métier qui l'amenait à voyager sans cesse.

— Aucun problème. Mon assistante se chargera de t'en faire établir un.

— Juste comme ça ?

— Il faudra que tu prennes l'avion pour Canberra afin d'accélérer les choses. Justine s'occupera de tout.

— Ton assistante ?

— Oui. Y a-t-il autre chose ?

Elle secoua la tête, l'air perdu, comme une petite fille soulevée par une tempête. Raul résista à l'envie de la prendre dans ses bras, de lui caresser le dos et de lui assurer que tout irait bien. Mais il ne croyait pas à ce genre de promesses.

Il désirait plus que tout offrir la meilleure des vies possibles à leur enfant, mais savait par expérience que tout pouvait arriver. Toutes sortes d'embûches pouvaient se présenter et mieux valait s'y préparer. C'est pourquoi il se contenta de dire :

— Je m'occupe de la paperasse, et toi, de ton passeport. D'accord ?

Une semaine plus tard, Libby prenait place à bord du jet privé de Raul, les yeux rivés sur une épaisse liasse de feuillets, surligneur et stylo à la main, comme si ces objets avaient le pouvoir de lui servir d'épée et de bouclier. Raul avait engagé un cabinet d'avocats pour la conseiller, une très bonne initiative, car elle n'avait aucunement l'intention de laisser les choses au hasard. Elle qui accordait difficilement sa confiance tenait à s'assurer que rien ne viendrait compromettre l'avenir de son enfant.

Confortablement installée dans un fauteuil, les jambes repliées sous elle, elle lisait attentivement chaque ligne de l'accord prénuptial et l'annotait de questions ou de remarques.

Les premières pages traitaient des arrangements financiers et des aspects liés à la garde. Le montant que Raul suggérait de mettre en fiducie pour leur enfant la toucha profondément, au point de lui arracher quelques larmes. Elle avait insisté pour que leur enfant n'ait jamais à s'inquiéter de l'avenir, mais ne s'attendait pas à ce que son père fasse de lui un multimillionnaire avant même qu'il naisse.

La cinquième page de l'accord lui fit monter le rouge aux joues.

Considérations extraconjugales.

Les aspects stipulés lui firent battre le cœur.

Tout ce dont ils étaient convenus figurait dans l'accord, voire davantage. En plus de l'obligation de garder secrète et discrète toute relation extraconjugale, chacun des conjoints devait en informer l'autre afin d'éviter la moindre maladresse. Libby n'arrivait pas à croire qu'elle envisageait de signer un tel document. Tout ce qu'elle avait cru jusque-là sur le mariage s'envolait en fumée.

— Bonsoir, madame, entendit-elle soudain dans son dos. Que diriez-vous d'un rafraîchissement ?

Le nouveau venu n'était autre qu'un jeune steward aux cheveux blonds et au large sourire.

Libby posa prestement les mains sur le contrat, mortifiée à l'idée que le jeune homme ait pu lire quelques lignes de l'accord.

— Eh bien..., articula-t-elle avant de s'interrompre, ne sachant trop quoi répondre.

Elle jeta un regard vers Raul, assis un peu plus bas dans la cabine, et fut surprise de voir qu'il la regardait.

— Je peux vous apporter une carte, proposa le steward.

— D'accord, merci, répondit-elle en se forçant à sourire.

Les nausées matinales et omniprésentes quelques semaines auparavant avaient disparu et, depuis quelques jours, Libby avait tout le temps faim. Elle ressentait même des envies pour des aliments qu'elle n'avait jamais consommés. Son bébé à naître lui faisait-il déjà part de certaines exigences ?

Se caressant distraitement le ventre, elle regarda la nuit noire à travers le hublot.

Une minute plus tard, le steward se matérialisait à nouveau près d'elle et lui tendait une carte portant le logo de l'entreprise de Raul. Elle la parcourut rapidement et arrêta son choix sur des toasts au bacon accompagnés d'une tasse de thé.

— Je vous apporte cela très vite, promit le steward avec un sourire charmant avant de disparaître.

Libby ne resta pas seule longtemps. Raul vint dans sa direction d'un pas alerte et prit place en face d'elle, mettant tous ses sens en alerte. Avec sa haute stature et ses épaules larges, elle le trouvait impressionnant, presque intimidant. Terriblement attirant, aussi.

Chaque fois qu'une période assez longue s'étendait entre deux rencontres, elle oubliait l'effet qu'il produisait sur elle.

Sur le bateau, lorsqu'elle avait cédé au désir qu'il lui inspirait, elle avait vu dans cet élan une réponse à l'attaque dont ils avaient été victimes. Mais aujourd'hui, derrière quelle excuse devait-elle cacher l'attirance qu'elle ressentait ?

Les hormones étaient-elles en cause ?

Elle réprima une grimace et reporta son attention sur la nuit noire à travers le hublot.

— Que penses-tu de cet accord ? demanda Raul.

— Mortifiant, répondit-elle avec sincérité. Je n'arrive pas à croire que tu aies fait appel à des avocats pour rédiger un tel projet.

— Pourquoi ?

— Parce que… c'est tellement personnel, bredouilla-t-elle.

— Ce cabinet travaille pour moi dans la plus stricte confidentialité. Il s'agit là d'un document relevant du privé.

— Ce n'est pas ça, objecta-t-elle en secouant la tête. Cela ne t'embarrasse pas, qu'ils aient connaissance des raisons qui motivent notre mariage ?

— Non, répliqua-t-il avec assurance. Et, sincèrement, je me fiche pas mal de ce que mes avocats pensent de ma vie privée.

Les yeux de Libby s'étrécirent.

— J'ai l'impression que tu te moques de ce que n'importe qui peut penser, dit-elle en scrutant ses traits attentivement dans l'espoir de mieux cerner l'homme qu'elle s'apprêtait à épouser.

— Pas vraiment, non, dit-il en haussant les épaules. Par expérience, je sais que, quoi que l'on fasse, les autres se forgent une opinion. S'en inquiéter par avance ne sert à rien.

Libby ébaucha un léger sourire.

— Tu as sans doute raison, admit-elle tout en s'interrogeant sur cette confiance en soi innée dont témoignait Raul.

D'où provenait-elle ? De son enfance ? De ses expériences ? Qu'avait-il vécu pour être devenu l'homme qu'il était aujourd'hui ?

— Tu m'as dit que tu ne connaissais pas vraiment tes parents, avança-t-elle en repoussant les feuillets sur la tablette et en plongeant son regard dans le sien. Qui t'a élevé ?

La question sembla le surprendre, comme en témoignait la légère crispation de ses traits.

— J'ai été placé en famille d'accueil, répondit-il d'un ton sec.

Libby n'avait aucune expérience personnelle dans ce domaine, mais avait entendu et lu suffisamment de choses sur le sujet pour savoir que les enfants ayant grandi en familles d'accueil ne s'en sortaient pas toujours très bien. La chance n'était pas toujours au rendez-vous.

— Et... ? fit-elle.

La mine toujours aussi sombre, il répliqua :

— Et à quinze ans je me suis enfui. J'en avais assez d'être pris en charge par des inconnus et je voulais tenter ma chance dans la rue.

— Vraiment ?

Elle reçut un bref hochement de tête en guise de réponse.

— Je n'arrive pas à imaginer une enfance aussi..., souffla-t-elle doucement avant de s'interrompre.

Comme Raul sondait son regard avec intensité, elle sentit sa gorge s'assécher.

— Ah bon ? finit-il par dire.

Elle écarquilla les yeux, décontenancée.

— Pourquoi ai-je autant de mal à te croire ? insista-t-il en plissant les yeux.

Elle secoua la tête.

— Je ne sais pas.

— Peut-être parce que je décèle en toi quelque chose de cassé, une fêlure qui ressemble à celle qui m'habite. Je me trompe ?

Comment pouvait-il connaître ce qu'elle avait traversé, enfant ?

Ses lèvres s'écartèrent, mais aucun son n'en sortit. Raul n'avait pas tort, mais elle pensait avoir toujours réussi à cacher la douleur enfouie en elle. Elle avait vécu une enfance difficile, émotionnellement épuisante, stressante, lui infligeant des blessures toujours vivaces aujourd'hui. Mais Libby s'était juré de ne jamais laisser ces épreuves la définir. Déterminée à ne jamais laisser les ténèbres de sa vie envahir ses pensées, elle croyait à un amour durable, même si sa mère lui avait démontré à maintes reprises que ce n'était pas possible.

Que Raul ait su lire en elle la terrifiait.

— Je ne pense pas que nous pourrions nous lancer dans ce mariage si nous n'avions pas connu un début difficile dans la vie, dit-elle d'une voix incertaine.

— Ce qui veut dire… ?

Raul tenait à ce qu'elle développe son propos, ce qu'elle ne pouvait guère lui reprocher. Lui-même s'était ouvert à elle, alors autant l'imiter…

— Ma mère était célibataire… la plupart du temps, confia-t-elle en s'efforçant de soutenir le regard de Raul. Les hommes qui se succédaient dans sa vie ne restaient pas plus de quelques mois à ses côtés. J'ai connu un grand nombre de beaux-pères.

Raul demeura longtemps immobile, les yeux rivés aux siens.

— Il faut plus que la biologie pour être un bon parent.

Elle hocha la tête en signe d'assentiment.

— Libby, dit Raul d'un ton sérieux, nous offrirons à notre enfant tout ce qui nous a été refusé. Tel est le but que nous poursuivrons inlassablement.

De nouveau, elle hocha la tête, tandis que des larmes perlaient à ses paupières.

— C'est tout ce qui compte, ajouta Raul avec détermination.

Libby laissa échapper un soupir de soulagement. Elle savait à présent que tous deux avaient pris la meilleure des décisions. Leur enfant serait à jamais leur priorité.

Malgré la force qu'il avait décelée en elle, Raul avait été touché par l'attitude de Libby dans l'avion. Elle n'avait pas réussi à cacher la nervosité qui l'étreignait en lisant l'accord prénuptial. Malgré son envie de se rapprocher d'elle, de la rassurer, il s'était tenu à distance. L'autre raison qui lui soufflait de faire preuve de prudence avait trait à l'attirance que tous deux ressentaient l'un pour l'autre. Il savait que le feu qui les avait animés sur le bateau risquait à tout moment de renaître de ses cendres…

Une fois parvenue en haut de l'immeuble où vivait Raul, Libby ne put s'empêcher d'écarquiller les yeux en découvrant que l'ascenseur donnait directement dans le hall d'entrée de l'appartement.

— Oh ! murmura-t-elle, impressionnée par ce qu'elle découvrait.

La pièce principale, luxueuse à souhait mais meublée de manière minimaliste, semblait inhabitée. Visiblement, Raul menait une vie d'ascète, malgré sa fortune. Peut-être était-ce dû à son enfance, période durant laquelle il devait se tenir prêt à changer à tout moment de lieu de résidence.

— Tu pourras changer ce que tu voudras dans ce décor, lui dit-il en déposant les clés sur une tablette dans l'entrée.

Objectivement, il s'agissait d'un appartement-terrasse magnifique composé de deux logements superposés réunis en un seul par le précédent propriétaire. Les immenses portes-fenêtres offraient une vue imprenable sur Manhattan. Sur le balcon avait été installé un spa.

— Nous ne pourrons pas élever un bébé ici, dit soudain Libby en tournant vers Raul un regard tout sauf admiratif.

Surpris par son expression horrifiée, il fronça les sourcils.

— Tu n'aimes pas ?

Elle jeta à nouveau un regard circulaire autour d'elle avant de répondre :

— Ce n'est pas cela…

Il attendit qu'elle précise sa pensée.

— Un bébé ne pourrait pas se détendre ici, moi non plus, d'ailleurs. Mon Dieu, Raul, c'est tellement… impersonnel.

Elle se mordit la lèvre inférieure, ne trouvant pas les mots justes pour décrire ce qu'elle éprouvait.

Il réduisit la distance qui les séparait et posa une main sur son épaule. Un geste destiné à rassurer, réconforter, rien de plus, mais à ce contact il eut l'impression de recevoir une décharge électrique. Comme leurs regards se soudaient l'un à l'autre, il dut réprimer l'élan qui le poussait vers cette jeune femme. Un effort qui lui parut presque insurmontable.

— C'est un lieu d'habitation, rien de plus.

— Oui, mais pas un foyer, objecta-t-elle d'une voix tremblante.

Un foyer ? De quoi parlait-elle ? Il n'en avait jamais connu.

— Ce n'est pas le genre d'endroit où l'on peut élever un enfant, précisa Libby.

Raul demeura un moment silencieux. Il avait acheté cet appartement parce qu'il en avait les moyens et parce que celui-ci représentait un bon investissement. Un divorce avait motivé la vente à un prix inférieur à sa valeur marchande. Une occasion que Raul avait su saisir, mais il ne ressentait aucun attachement particulier pour l'endroit.

— D'accord, nous trouverons autre chose.

Un petit rire accueillit cette remarque.

— Juste comme ça ?

— Pourquoi pas ?

Libby secoua la tête tout en entourant son buste de ses bras. La main de Raul reposait toujours sur son épaule.

— Non, c'est inutile, je m'y habituerai, finit-elle par dire tout en détournant les yeux. Il suffira de le rendre plus chaleureux.

Comme elle cherchait à lui cacher son trouble, il prit son menton entre ses doigts pour l'obliger à le regarder.

— Nous ferons en sorte que tout aille bien, lui dit-il avec douceur.

Il s'agissait là d'une promesse qui les concernait tout autant l'un que l'autre et dont ils avaient besoin à cet instant précis.

6

Une semaine après avoir emménagé à New York, Libby dut se rendre à l'évidence. Ses craintes n'étaient pas fondées. Ses inquiétudes relatives à une cohabitation intenable en raison de la tension sexuelle qui planait entre Raul et elle s'étaient évaporées, pour la simple raison qu'ils se voyaient à peine.

Raul travaillait de longues heures. Si longues que Libby se demandait comment il fonctionnait. Elle s'en inquiétait même. Comment pouvait-il répondre à ses besoins biologiques en travaillant aussi dur ?

Et quand il était chez lui, dans son palais céleste – Libby avait surnommé l'appartement ainsi –, c'était à peine s'il lui arrivait de le croiser. Libby disposait d'une chambre spacieuse pourvue d'une salle de bains et d'un balcon à l'abri des regards. Elle dînait souvent seule, quelques heures avant le retour de Raul. Et, si la solitude lui pesait, elle refusait toutefois de s'apitoyer sur son sort.

Sans que ce soit une situation idéale, Libby l'appréciait à sa juste valeur. Elle prenait soin d'elle-même, du bébé qu'elle portait, et explorait la ville immense devenue son lieu de résidence. Elle évitait de songer aux rêves d'amour éternel et de mariage heureux qu'elle avait chéris, petite fille. Sa future union avec Raul ne répondrait à aucun d'entre eux.

L'appartement se situant dans l'Upper East Side, Libby découvrit qu'elle se trouvait à proximité immédiate des lieux magiques qu'elle avait vus au cinéma et à la télévision. Restaurants, épiceries célèbres, musées, galeries d'art, rues animées occupaient ses journées de découverte. Elle marchait de longues heures sans jamais se lasser.

Il faisait beaucoup plus froid qu'elle ne l'avait imaginé en entreprenant ce voyage. La neige recouvrait souvent les routes. Lors de son premier périple en ville, elle avait acheté un manteau en laine polaire, des gants et un bonnet et ne souffrait jamais du froid pendant ses longues promenades.

La plupart du temps, elle rentrait exténuée, si bien qu'elle se réfugiait avec grand plaisir sous la couette, le soir. Le sommeil venait facilement, et rares étaient les fois où elle demeurait éveillée, les yeux rivés au plafond, à s'interroger sur l'étrange arrangement sur lequel Raul et elle s'étaient entendus.

Ce matin-là, alors qu'elle se versait une tasse de thé à la table du petit déjeuner, l'arrivée de Raul dans la cuisine la surprit.

— Bonjour.

La bouche sèche et le cœur battant, elle leva les yeux vers lui.

— Bonjour, répondit-elle. Que fais-tu ici ?

Il haussa un sourcil, l'air perplexe.

— Chez moi ?

Elle roula des prunelles tout en secouant la tête.

— Tu vois très bien ce que je veux dire, lança-t-elle en s'efforçant de paraître plus à l'aise qu'elle ne l'était. À cette heure-ci, tu es déjà parti, d'habitude.

Il la fixa du regard tout en nouant les pans de sa cravate autour de son cou. Un geste qu'il maîtrisait visiblement à la perfection.

— Nous devons signer les papiers, lui dit-il.

— Oh… maintenant ?

— Le plus vite possible. Tes avocats ont-ils parcouru les documents ?

Elle secoua la tête.

— Pas encore. Je n'ai pas fini de les lire.

Comme Raul semblait attendre une tout autre réponse, elle ajouta vivement :

— Je m'en occupe aujourd'hui.

— D'accord. On en parle ce soir. Pendant le dîner ?

Les yeux écarquillés, elle garda un instant le silence, ne sachant trop comment répondre à cette invitation.

— Oh… oui… d'accord, bredouilla-t-elle alors qu'elle aurait préféré fuir ce repas autour duquel il serait question de leur contrat de mariage.

Pourtant, c'était elle qui avait insisté pour que leur accord soit basé sur une relation respectueuse et amicale. Comment y parvenir si tous deux ne se trouvaient jamais dans la même pièce ?

— Je ferai la cuisine, dit-elle d'un ton plus assuré.

— Inutile, j'organiserai quelque chose.

— Ce n'est pas la peine, il se trouve que j'aime cuisiner.

Comme il dardait sur elle un air ahuri, elle pouffa de rire.

— Raul, il va falloir que nous apprenions à vivre normalement si nous voulons élever un enfant ensemble. Et, je le répète, j'aime cuisiner. Ça ne me pose aucun problème.

Il hocha la tête lentement, l'air toujours aussi peu convaincu.

— Si tu y tiens…

— Absolument.

La situation lui paraissait des plus étranges. C'était la première fois depuis son arrivée à New York qu'elle partageait avec Raul un moment intime et projetait de dîner avec lui.

— Souffres-tu de certaines allergies alimentaires ? demanda-t-elle tandis qu'il enfilait une veste.

La question le fit sourire.

— Pas du tout ! affirma-t-il. J'adore la nourriture et j'ai l'appétit d'un lion.

— Parfait, répondit Libby en répondant à son sourire. Je préparerai un banquet.

Il hocha la tête d'un air ravi et se dirigea vers la porte.

— À ce soir, Libby, dit-il avant de disparaître, la laissant seule avec une multitude d'interrogations.

Quand elle eut fini ses emplettes dans la magnifique épicerie qu'elle avait repérée dans l'ouest de la ville, Libby se rendit compte qu'elle était bien trop chargée pour rentrer à pied jusqu'à l'appartement. Alors elle décida d'emprunter pour la première fois un taxi new-yorkais. Une expérience qui la ravit et lui permit de découvrir la ville sous un autre jour. Le chauffeur, très sympathique, lui fit office de guide tout le long du parcours. Toutefois, au moment de payer, elle puisa dans la maigre monnaie qui lui restait après ses courses en se demandant comment aborder le sujet avec Raul. Il le fallait toutefois, parce qu'elle disposait de peu de moyens financiers.

Ceux-ci iraient en s'amenuisant puisqu'elle n'avait aucun projet professionnel et sans doute nullement le droit de travailler à New York. Sans compter qu'elle devait continuer à payer le loyer de son appartement à Sydney. Elle avait décidé de le garder, parce qu'elle ne se sentait pas prête à rendre les clés et à se projeter dans une nouvelle vie pleine d'incertitudes.

Hélas, les murs semblaient se refermer autour d'elle. Comme à l'époque où elle n'était qu'une enfant, elle craignait l'insécurité et ignorait comment résoudre ce dilemme. Autrefois, bien déterminée à voler de ses propres ailes, elle avait quitté l'école et travaillé d'arrache-pied pour ne plus jamais avoir à se soucier du manque d'argent.

Le fait de vivre dans une cage dorée ne la rassurait pas, même si elle savait que Raul ne la laisserait jamais mourir de faim. Elle voulait garder la maîtrise de son destin sans dépendre de qui que ce soit. Une fois que le bébé serait né, elle se donnerait comme priorité de retrouver son indépendance financière. Il le fallait, faute de quoi elle perdrait toute estime d'elle-même.

De retour à l'appartement, elle commença à préparer le dîner, puis s'installa dans un fauteuil pour parcourir les contrats. Comme dans l'avion, quand elle avait pris connaissance de certains détails, elle sentit ses joues s'enflammer. Voir l'intimité de leur future relation décrite en de tels termes la désolait, la déprimait, même. Elle détestait l'idée que les avocats aient connaissance de la vie qu'ils envisageaient de partager.

Avec un soupir, elle aborda la section qui avait trait à la scolarité de leur enfant. Elle découvrit avec intérêt les dispositions proposées par Raul, toutes très raisonnables. Tous deux auraient un droit de regard égal sur le choix des écoles et, en cas de désaccord, ils auraient recours à une médiation pour parvenir à une entente. Satisfaite, elle passa à la section suivante, beaucoup moins plaisante, puisqu'il s'agissait de dispositions ayant trait à leur éventuelle disparition. Un sujet auquel elle n'avait jamais songé jusque-là. Les doigts crispés sur les feuillets, elle se força à aller au bout de sa lecture. L'idée que leur futur enfant puisse être privé de l'amour de ses parents la terrorisait. À ses yeux, il n'existait rien de pire.

En prévision de l'éventualité où les deux parents décéderaient, un tuteur digne de confiance et agréé par les deux parties sera désigné avant la naissance de l'enfant.

Le cœur de Libby battait la chamade. *Un tuteur digne de confiance...* Elle ressentait une sourde angoisse à l'idée de ne pas être en mesure d'élever son propre enfant, mais il s'agissait là d'une option à considérer, malheureusement.

Avec un soupir, elle termina la lecture de cette section déprimante et tourna la page. Cette fois, il était question de divorce.

Noir sur blanc étaient inscrites les dispositions qui seraient prises si leur mariage forcé échouait. Le cœur battant, Libby prit connaissance du document puis revint au début pour mieux s'en imprégner.

Les deux parents devaient s'engager à ne pas résider à plus de cinq kilomètres l'un de l'autre, à partager la garde équitablement, à raison de cinquante pour cent chacun. Libby devait l'admettre, il s'agissait là de conditions pour le moins raisonnables.

Toutefois, l'idée de partager son bébé la terrifiait. Comment accepter de s'en occuper uniquement la moitié du temps ? Un frisson glacé la parcourut. Peut-être un jour serait-elle prête à envisager cette option, mais pas maintenant, pas encore. Pas avant d'avoir fait un essai en bonne et due forme.

Repoussant les feuillets sur la table, Libby retourna dans la cuisine dans l'espoir d'oublier pour un temps les dispositions sur lesquelles Raul et elle devaient s'entendre.

Seul son enfant comptait, dans cette histoire, et elle était bien déterminée à se battre pour lui.

— Où as-tu appris à cuisiner ? demanda Raul en se servant à nouveau du plat concocté par Libby, un gigot d'agneau tendre à souhait accompagné de petits légumes.

Elle lui jeta un regard effaré, surprise qu'il ne soit pas encore rassasié.

— Eh bien… je me suis mise à cuisiner très jeune.

Il leva les yeux vers elle et la fixa, visiblement désireux d'en apprendre davantage.

Comme il portait la fourchette à sa bouche, elle demeura un moment silencieuse, fascinée par cet homme pour qui elle éprouvait une attirance folle. À son retour, elle l'avait vu déposer son ordinateur dans l'entrée, se défaire de sa veste, retrousser les manches de sa chemise, en défaire les deux premiers boutons. Elle avait assisté à une scène des plus intimes à laquelle elle n'était pas préparée.

Elle détourna les yeux, horrifiée par les pensées qui s'étaient insinuées dans son esprit.

Raul et elle ne partageraient aucune intimité. Ils avaient fait l'amour une fois avec pour résultat une grossesse, mais leur histoire s'arrêtait là. Ils ne faisaient que dîner ensemble, rien de plus.

— S'agissait-il pour toi d'un hobby ? fit Raul en dardant sur elle un regard pénétrant.

Elle secoua la tête.

— C'était l'une de mes tâches.

Il plissa les yeux d'un air interdit.

— Comment cela, une de tes tâches ?

— J'apportais mon aide à la tenue de la maison, expliqua-t-elle en jouant avec les légumes dans son assiette. Ma mère n'était pas très portée sur les tâches ménagères, mais tenait à ce que la maison soit bien rangée. Elle aimait les choses bien faites, la bonne cuisine, et disait que le rôle d'une femme dans une maison consistait à offrir de bons repas à son homme.

Libby ne put s'empêcher de rouler des prunelles en évoquant ce dernier aspect.

— Elle fonctionnait à l'ancienne, ajouta-t-elle.

Raul secoua la tête d'un air désapprobateur.

— Au final, comme j'aimais bien manger, moi aussi, je n'avais guère d'autre choix que d'apprendre à cuisiner.

— Comment t'y es-tu prise ?

— En suivant des tutoriels sur Internet. Il fallait que je fasse preuve de créativité, parce que nous n'avions pas les moyens de nous acheter tous les ingrédients nécessaires aux recettes. Alors je réfléchissais à la manière de rendre la préparation la plus savoureuse possible pour un coût modéré. En accompagnement, j'optais le plus souvent pour des pâtes ou du riz.

Le regard de Raul s'adoucit. Visiblement, les propos de Libby touchaient une corde sensible en lui.

Elle s'éclaircit la gorge avant de poursuivre son récit.

— J'adorais cuisiner. Je tirais une grande satisfaction de la réussite de mes plats. En fait, je ne ratais jamais aucune préparation. Enfin, presque. J'ai connu quelques catastrophes, je dois l'avouer.

Raul accueillit cette remarque avec un petit rire qui lui réchauffa le cœur.

— Quand as-tu décidé de voler de tes propres ailes ?

— C'est ma mère qui m'a quittée. J'avais dix-neuf ans.

Elle haussa les épaules pour chasser la douleur qu'avait provoquée en elle cette défection.

— J'avais l'âge requis pour m'en sortir toute seule, assura-t-elle.

Le regard appuyé que Raul dardait sur elle la dérangeait. Elle ne voulait pas de compassion de sa part.

— Comment t'en es-tu sortie ?

— Je travaillais déjà. Il fallait juste que je trouve un logement plus petit, moins cher, et que je fasse plus d'heures.

— En qualité de femme de ménage ?

— En fait, j'avais été recrutée en qualité d'apprentie dans un restaurant. Je rêvais de me professionnaliser pour devenir chef.

— Pourquoi ne pas l'avoir envisagé ?

— Je ne pouvais pas me le permettre, répondit-elle en secouant la tête.

— Le diplôme ?

— Non. Le salaire d'apprentie était trop bas et je ne pouvais pas travailler toute la journée et étudier en même temps. Ce n'était tout simplement pas tenable. Je me suis toujours dit qu'un jour j'y arriverais, mais la vie nous échappe parfois. J'ai vingt-six ans, maintenant. Inutile de rêver.

Comme Raul fronçait les sourcils, elle laissa échapper un soupir agacé.

— Arrête de me regarder comme ça.

— Comme quoi ?

— Comme si tu étais désolé pour moi. Je déteste cela.

Une lueur de surprise brilla dans le regard de Raul, mais elle disparut très vite.

— La chance n'a pas été au rendez-vous, hélas, constata-t-il.

— Comme pour la plupart des gens. Je suis heureuse, Raul,

vraiment. J'aime la vie que je mène et j'aimais mon travail. Ce n'était pas ce dont j'avais rêvé, mais je m'en contentais.

— Je veux bien le croire, répondit Raul avec le plus grand sérieux.

Le ton de sa voix la déstabilisa un court instant. Ce n'était pas de la pitié qu'il ressentait pour elle, plutôt de l'admiration.

— Ta mère se trouve-t-elle toujours à Brisbane ?

Libby secoua la tête.

— Non, elle est morte il y a quelques années.

Raul plissa les yeux, dans l'attente de plus amples informations.

— J'ai été triste de ne pas l'avoir revue une dernière fois avant sa mort. Je me suis souvent demandé si elle avait éprouvé des regrets…

Elle ébaucha un sourire peiné avant d'ajouter :

— Je me demande encore aujourd'hui si je lui ai manqué…

— Ta mère était une femme égoïste.

Libby ne pouvait guère le contredire sur ce point.

— Oui, en effet.

— Je suis désolé, mais je crois que ce genre de personnes éprouve rarement des regrets.

Libby laissa échapper un petit rire.

— Ne sois pas désolé. Et j'apprécie ta franchise.

— Tant mieux, parce que je préfère toujours dire ce que je pense. Pour ce qui concerne ce repas, je dois avouer qu'il s'agit de l'un des meilleurs qui m'aient été présentés. Merci d'avoir cuisiné pour moi, Libby.

Le compliment l'inonda de chaleur, et elle se sentit rougir de plaisir à l'idée de continuer de le contenter sur le plan culinaire. Puis elle se raisonna. Tous deux ne formaient pas un couple et rien ne les prédisposait à entretenir une relation suivie sur le plan domestique. La vie qui les attendait ne ressemblerait en rien à celle dont elle rêvait : une vie heureuse auprès d'un compagnon qui l'aimerait et qu'elle chérirait.

Bien que Raul se soit montré charmant pendant le repas, elle devait garder à l'esprit que ce genre d'occasion ne se représenterait pas de sitôt.

Ce ne fut qu'après avoir débarrassé la table et préparé des boissons chaudes que les deux jeunes gens abordèrent les différents points du contrat. Libby s'empressa de féliciter Raul pour la précision dont il avait fait preuve. Ce à quoi il répondit :

— C'est mon métier.

— Rédiger des contrats ? demanda-t-elle, intriguée, en s'installant plus confortablement sur le sofa.

— Conclure des accords. Souhaites-tu apporter quelques changements ?

Elle secoua la tête.

— Je ne l'ai pas encore envoyé aux avocats que tu m'as recommandés. Je n'en vois pas vraiment l'utilité.

— Tu devrais le faire, pour mieux te protéger.

— De toi ? fit-elle, étonnée.

— Il est toujours utile d'obtenir un conseil extérieur.

— Tout me paraît clair comme de l'eau de roche, mais d'accord, je l'enverrai par mail ce soir.

Leurs regards se rivèrent l'un à l'autre, puis Raul reprit la parole.

— Nous devrions nous entendre sur des dates.

— Ah ? Lesquelles ?

— Entre autres, celle de notre mariage. J'ai pensé que, compte tenu de la nature de notre union, nous pourrions nous contenter d'officialiser notre mariage à l'état civil, mais tu as peut-être d'autres idées.

Elle hésita un court instant.

— Eh bien… Un bureau d'état civil suffira amplement. Inutile de prétendre qu'il s'agit d'autre chose qu'un accord purement contractuel.

— Exact, affirma Raul sans la quitter des yeux. Est-ce que cela te perturbe ?

— Disons que… je sais tellement peu de choses à ton sujet. Épouser un étranger, avoir un enfant de lui… c'est un peu beaucoup.

Raul s'adossa à son fauteuil et croisa les jambes.

— Qu'aimerais-tu savoir ?

Elle ne put réprimer un petit rire devant cette question inattendue. Comme le regard de Raul se portait sur son ventre, elle détourna les yeux.

— Quelles sont tes origines ?

— Espagnoles.

— Dis-m'en plus.

— Je suis né à Madrid.

— Quand en es-tu parti ?

— À l'âge de vingt et un ans.

— Y retournes-tu, de temps à autre ?

— Ça m'arrive, oui.

— Souvent ?

— Chaque fois que nécessaire.

Libby roula des prunelles. Raul répondait à toutes ses questions, mais elle avait l'impression de le soumettre à un interrogatoire. Néanmoins, elle persista.

— Aimerais-tu y vivre à nouveau ?

Il haussa négligemment les épaules.

— Qui sait ?

À nouveau, elle rit doucement.

— Tu trouves ça drôle ?

— Tes réponses ne sont pas très explicites. Qu'est-ce qui motive tes différents voyages ?

— Le travail, répondit-il immédiatement. Je me rends là où les affaires me conduisent.

— C'est ce qui t'a amené à t'installer à New York ?

— Oui.

— Pourquoi New York ?

— La première entreprise internationale que j'ai acquise avait son siège social ici. J'ai acheté l'immeuble également.

— Tout l'immeuble ?

— Oui.

— À combien s'élève ta fortune, Raul ?

Il ébaucha un sourire.

— Je ne sais pas exactement.

— Alors que moi j'ai passé mon temps ces dernières années à calculer au centime près chacune de mes dépenses...

— Puisque tu abordes ce sujet...

Il se leva pour gagner la chaise sur laquelle il avait laissé sa veste afin d'en retirer un portefeuille. À son retour au salon, il lui tendit ce qui ressemblait à une carte de crédit.

— C'est pour toi, lui dit-il en se rasseyant.

Décontenancée, Libby contempla la carte, sur laquelle figurait son nom.

— Oh..., s'exclama-t-elle en rougissant.

Elle aurait aimé refuser cette offre, mais en réalité elle avait bien conscience d'avoir besoin d'un soutien financier, lequel figurait d'ailleurs dans leur accord.

— Qu'est-ce qui ne va pas ? demanda-t-il doucement en se penchant vers elle.

— Je suis indépendante depuis de nombreuses années... et je vais devoir m'habituer à accepter ton argent.

— Je comprends ce que tu ressens, murmura-t-il en hochant la tête. Mais ce ne sera que temporaire, Libby. Une fois que notre enfant sera né, tu pourras, si tu le souhaites, reprendre un travail ou entreprendre des études. C'est toi qui décideras. D'ici là, je veux que tu ne t'inquiètes de rien. Et nous savons tous les deux que je peux assumer.

Le cœur de Libby s'accéléra tandis qu'elle posait la carte de crédit sur la table basse. Forçant un sourire sur ses traits, elle affronta à nouveau le regard de Raul.

— Il faudra que tu signes quelques papiers à la banque, cette semaine, en rapport avec les fonds fiduciaires que j'ai mis en place, ajouta-t-il.

— Quand irons-nous ?

— Tu n'auras pas besoin de ma présence. Justine organisera un rendez-vous à ta convenance.

— D'accord, répondit-elle en s'efforçant de masquer la déception qui s'était emparée d'elle à l'idée d'effectuer cette démarche seule.

Un silence pesant s'installa entre eux.

— Je me suis aussi renseigné sur le suivi médical dont tu auras besoin, déclara Raul. J'ai trouvé une équipe prête à te suivre tout le long de ta grossesse.

— Ah bon ?

— Tu es enceinte, n'est-ce pas ? L'aurais-tu oublié ?

— Oui, j'avais oublié, pardon ! lança-t-elle en plaisantant, passant une main sur son ventre.

Ces derniers jours, elle avait remarqué une légère transformation de son anatomie. Les jeans qu'elle portait étant devenus plus étroits, elle peinait un peu à les boutonner.

— Où devrai-je me rendre pour le suivi ?

— Dans une clinique à proximité où tu seras prise en charge par une infirmière, une sage-femme et deux obstétriciens.

— Deux obstétriciens ?

— Pour le cas où l'un d'entre eux ne serait pas disponible.

Libby secoua la tête en riant.

— Raul, nous n'avons aucune raison de craindre la moindre des complications. Je suis jeune et en parfaite santé.

— Exact, mais inutile de prendre des risques, tu ne crois pas ?

— D'accord, répondit-elle d'un ton très doux. Nous ferons comme tu l'as décidé.

— Merci, répondit Raul en lui souriant avec gratitude.

Libby devait se rendre à l'évidence : Raul avait pour objectif de tout mettre en œuvre pour que sa grossesse se passe le mieux possible. L'attention qu'il lui prodiguait lui réchauffait le cœur. Personne n'avait jamais pris soin d'elle jusqu'ici, et cette nouvelle donne la ravissait. Gare toutefois à ne pas prendre ses rêves pour la réalité : jamais Raul et elle ne formeraient un vrai couple…

7

Alors qu'il se tenait près de Libby à la clinique et qu'il écoutait les battements du cœur du bébé qu'elle portait, Raul avait du mal à respirer. Une vague de panique menaçait de le submerger. C'était du moins ce qu'il pressentait, n'ayant jamais connu ce genre de malaise auparavant. Il avait l'impression que ses poumons brûlaient, comme après avoir couru un marathon.

Comment diable avait-il pu en arriver là ?

Il ne se sentait pas capable d'endosser le rôle de père. Que connaissait-il de l'éducation d'un enfant ? Comment prenait-on soin d'une personne ? Toute sa vie, il s'était consacré à une seule mission : s'occuper de lui uniquement. À quoi s'ajoutait la volonté de garder le reste du monde à distance. Et aujourd'hui il tenait entre ses mains le futur d'un petit être. C'était sa responsabilité, son devoir, son principal souci.

La gorge sèche, il s'efforça de retrouver une respiration normale.

— Raul ? Ça va ?

Libby l'observait d'un air inquiet.

Il tenta un sourire qui lui fit plus l'effet d'une grimace, comme en témoignait le regard blessé de Libby.

Il avait le sentiment de tout gâcher. Dans l'espoir de lui apporter un peu de réconfort, il serra ses mains entre les siennes, mais elle préféra se concentrer sur l'écran plutôt que de le regarder.

— Eh bien ? demanda-t-il d'un ton plus sec qu'il ne l'aurait souhaité. Le bébé est-il en bonne santé ?

Le médecin lui adressa un sourire courtois.

— Tout me semble parfait, répondit-il. Nous ferons une autre échographie dans quelques semaines.

— Pourquoi ? Quelque chose vous inquiète ?

— Non, répliqua l'obstétricien en se passant une main dans les cheveux. Il s'agit là de la procédure habituelle. Avant de partir, nous allons prélever un peu de sang, procéder à quelques tests supplémentaires, mais je n'ai rien vu de préoccupant.

Sur ces mots, il tendit une lingette à Libby pour qu'elle s'essuie le ventre, après quoi elle réajusta son chemisier. Raul avait senti son cœur se serrer à la vue du petit renflement sur son abdomen, prouvant qu'une vie se développait en elle. À nouveau, le sang avait afflué à ses tempes tandis qu'une sourde angoisse l'étreignait.

Comme la première fois où elle lui avait parlé de l'enfant à naître, il ressentait le besoin primal de protéger cette jeune femme qui bientôt deviendrait son épouse. Elle portait son enfant et son devoir était de prendre soin de ces deux êtres qui dépendaient de lui désormais. Hélas, il ignorait tout de la paternité. Il ne savait pas ce que signifiait le rôle de mari. Ces deux êtres allaient devoir compter sur lui et cette idée le terrorisait. Raul avait l'impression de se noyer. Pour la première fois de sa vie, il ressentit l'envie de fuir ce nouveau défi.

Libby aurait préféré vivre cet instant plus sereinement, mais la scène à la clinique lui avait laissé un goût amer. D'un côté, elle avait ardemment souhaité entendre les battements du cœur de son bébé et être rassurée par l'obstétricien. De l'autre, la présence de Raul à ses côtés avait rendu la situation des plus déconcertantes. Tout le temps de l'examen, il lui avait donné le sentiment de vivre un enfer. De toute évidence, il aurait préféré se tenir à distance.

Pourquoi, dans ce cas, avait-il pris la peine de l'accompagner ?

Elle quitta la clinique, en proie à une nervosité qu'elle ne parvenait pas à apaiser. Elle prit plusieurs inspirations profondes, s'intima l'ordre de se calmer. Peu importait le comportement de Raul. Tous deux n'avaient guère d'autre choix que d'accepter la situation à laquelle ils étaient confrontés. L'arrivée de ce bébé leur compliquerait la vie, bien sûr, mais leur devoir était de subvenir à ses besoins.

Elle ressentait une colère sourde, aussi. Une colère qui menaçait d'exploser, mais elle la contint.

— Comment te sens-tu ? lui demanda Raul une fois qu'ils furent installés à l'intérieur de la voiture.

Libby lui jeta un regard noir, hésita un court instant, puis répondit :

— Très bien.

Il fronça légèrement les sourcils, l'air peu convaincu, mais renonça à l'interroger davantage. Le trajet du retour jusqu'à l'appartement se fit en silence. Libby garda les yeux rivés devant elle, mais rien n'y fit, la colère grondait toujours en elle.

Une fois dans l'ascenseur, Raul revint à la charge.

— Libby, que se passe-t-il ?

Elle laissa échapper un soupir.

— Rien.

— Je ne te crois pas.

Quand les portes s'ouvrirent sur le hall d'entrée, elle se débarrassa de ses chaussures avant de se rendre dans le salon. Le décor somptueux de la pièce, au lieu de la rasséréner, lui arracha quelques larmes, qu'elle ne put cacher à Raul.

— Libby ? demanda ce dernier en se rapprochant de l'endroit où elle se tenait.

Se sentant soudain submergée par la tristesse, elle prit une profonde inspiration pour refouler le chagrin qui l'étreignait. Elle qui aurait tant aimé partager sa grossesse avec une personne qui éprouvait un amour sincère à son égard, avec qui elle aurait pu fonder un foyer heureux, se retrouvait dans une situation inextricable.

— Ce n'est rien, dit-elle en essuyant ses larmes.

Comme Raul demeurait silencieux, elle sentit la colère refluer en elle.

— J'aurais préféré que tu ne m'accompagnes pas, lâcha-t-elle, préférant jouer la carte de l'honnêteté.

— À la clinique ? demanda-t-il d'un ton très calme.

Elle hocha la tête.

— Tu n'aurais pas pu manifester plus clairement à quel point il t'en coûtait d'être présent. À quel point la situation te rend malheureux. Et je le comprends. Mais il nous est impossible de revenir en arrière. Je vais donner naissance à un enfant dont tu es le père. Sans toi, j'aurais profité de l'instant, écouté avec ravissement les battements de cœur de notre bébé, mais tu as tout gâché.

Elle se tut, le temps de reprendre sa respiration, puis ajouta :

— Ce que nous traversons, je ne l'ai pas voulu non plus, tu sais. Toutefois, même si les circonstances ne sont pas idéales, je veux profiter le plus possible de chaque instant de cette grossesse.

Incapable d'en dire davantage, elle détourna le regard.

— Tu as raison, dit-il. Je n'ai pas bien géré la situation.

Surprise par cette réponse honnête, elle se mordit la lèvre inférieure avant de préciser :

— Je préférerais désormais me rendre seule à chacune des visites de contrôle.

— Ce n'est pas ce que je souhaite.

— Et moi, je ne veux pas avoir constamment l'impression de te gâcher la vie. Ce serait injuste !

Raul la dévisagea longuement avant de lâcher un soupir.

— D'accord. Si tu ne veux pas de ma présence à tes côtés, je ne viendrai pas.

Soudain, le cœur de Libby fit une embardée tandis qu'elle mesurait l'erreur qu'elle venait de commettre en demandant au père de son enfant de s'abstenir de l'accompagner. C'était exactement le contraire de ce qu'elle désirait. Quelle ironie ! Malgré tous les efforts qu'elle déployait, elle peinait à accepter les limites de l'arrangement dont ils étaient convenus. Elle aurait aimé partager avec Raul la même joie à l'idée de mettre au monde un enfant né de leur passion. Mais elle devait se rendre à l'évidence : elle seule vivrait cette future naissance comme une bénédiction.

Raul retourna dans l'entrée pour appuyer sur le bouton de l'ascenseur.

— À plus tard, dit-il avant de pénétrer dans la cabine.

Libby se détourna vivement pour gagner la chambre. Envahie par une vague de tristesse et prise de remords, elle ferma les yeux. Puis les rouvrit en entendant des pas dans l'appartement. Visiblement, Raul avait renoncé à partir.

Quand il la rejoignit dans la chambre, elle se tourna vers lui.

— C'est très dur pour moi, dit-il d'une voix rauque. Je n'ai pas connu mes parents. Je garde un très mauvais souvenir de mes séjours en famille d'accueil. Et la rue, c'était... tu n'imagines même pas...

Il se tut le temps de déglutir péniblement.

— J'ai vécu seul pendant très longtemps. Je pensais le rester... Je ne sais pas comment m'y prendre. À la clinique, j'ai paniqué.

L'honnêteté dont Raul faisait preuve toucha une corde sensible en Libby et eut pour effet de lui réchauffer le cœur. Spontanément, elle hocha la tête, invitant son compagnon à poursuivre sa confession.

— Je sais toujours quoi faire dans n'importe quelle situation, je garde le contrôle en toutes circonstances...

Libby laissa échapper un soupir.

— Tu ne peux pas contrôler ce qui nous arrive et, je le sais, c'est effrayant.

Elle vit sa mâchoire se contracter.

— J'ai ressenti de bonnes ondes aussi, aujourd'hui, Libby. Voir notre bébé, écouter battre son cœur m'a profondément ému. Trop, sans doute...

De nouvelles larmes inondèrent le visage de Libby. Des larmes de soulagement, cette fois.

— Tu ne m'as pas gâché la vie, dit Raul tout bas.

Elle ferma les yeux, profondément émue. Ces mots la touchaient en plein cœur et elle avait le sentiment de mieux comprendre Raul et les tourments qu'il traversait.

— Je suis désolée de m'être emportée, dit-elle d'une voix tremblante. J'ai peur, moi aussi...

Comme il fronçait imperceptiblement les sourcils, elle crut qu'il allait la contredire, mais au contraire il se rapprocha d'elle et prit son menton entre ses doigts pour l'obliger à le regarder.

— Tu seras une mère fantastique, j'en suis sûr.

— Comment peux-tu dire cela ?

— Regarde ce que tu fais déjà pour notre bébé, dit-il en lui caressant la joue.

Raul avait-il compris à quel point elle avait besoin d'être comprise et rassurée ? D'avoir l'absolue certitude de ne pas se transformer en une mère égoïste, comme l'avait été la sienne ?

— Je suis désolé de t'avoir contrariée. J'ai manqué de discernement.

Elle secoua lentement la tête.

— Toi comme moi avançons en territoire inconnu. Je crois que nous devrions apprendre à mieux communiquer. Quoi qu'il arrive, nous voulons ce qu'il y a de mieux pour le bébé. C'est tout ce qui compte.

— Oui, répondit Raul d'une voix rauque en posant une main sur sa joue.

Soudain, Libby se sentit happée par l'homme qui se tenait devant elle, si proche qu'elle sentait presque la chaleur de son corps.

Quand elle croisa son regard, il lui sembla pénétrer dans un espace-temps différent, comme si rien ne s'était passé ces derniers mois. Elle avait l'impression de revivre sa première rencontre avec Raul, à bord du bateau. Un moment gravé à tout jamais dans sa mémoire...

Le regard indéchiffrable de Raul se porta sur ses lèvres et s'y arrêta, provoquant en elle un émoi indescriptible qui lui fit battre le cœur de manière erratique.

Elle leva la main pour agripper la sienne, qui reposait toujours sur sa joue.

— Libby..., murmura-t-il en croisant à nouveau son regard, comme s'il voulait qu'elle lise en lui, qu'elle comprenne à quel point ils étaient connectés, à cet instant précis.

— Nous ne devrions pas..., souffla-t-elle avant de se taire.

Dans un commun élan, leurs corps se rapprochèrent, leurs souffles se mêlèrent, leurs cœurs se mirent à battre à l'unisson. Tendrement enlacés, ils s'abandonnèrent à un long baiser sensuel qui les ramena des mois en arrière, dans cette cabine où ils avaient laissé libre cours à leurs pulsions. Un feu ardent les animait à présent. Toutes les barrières qu'ils avaient érigées entre eux cédaient l'une après l'autre.

Le souffle court, ils s'aidèrent mutuellement à se déshabiller, puis s'étreignirent avec force, se laissant emporter par un désir d'une intensité rare. Leurs mains fébriles s'égaraient sur leurs corps. Sans cesser de l'embrasser, Raul souleva Libby dans ses bras pour l'emporter dans la chambre qu'il occupait. En son centre trônait un lit immense sur lequel il déposa son précieux fardeau. Allongé sur le côté, il se mit à caresser ces courbes féminines qui l'électrisaient.

— Tu es si belle, murmura-t-il contre ses lèvres.

— Tu es très beau aussi, fit-elle en haletant tandis qu'elle se cambrait pour épouser le corps de cet homme qui l'envoûtait.

— C'est de la folie, dit-il en plongeant son regard dans le sien.

— Oui, nous ne devrions vraiment pas... aller plus loin.

— Tu as raison, déclara-t-il avant d'ébaucher un sourire auquel elle ne put s'empêcher de répondre.

Après quoi ils abandonnèrent toute résistance pour s'offrir l'un à l'autre avec passion. Libby voulait savourer l'instant de tout son être. Peu importait que son futur mariage avec Raul ne ressemble en rien à l'union dont elle rêvait plus jeune. Rien ne comptait plus que le plaisir inouï qu'il lui offrait à cet instant précis.

8

— Peux-tu me retrouver dans une heure ?

Libby leva les yeux vers la pendule accrochée au-dessus de la cuisinière.

— Te retrouver où ?

Il évoqua le nom d'un joaillier de luxe situé sur la Cinquième Avenue.

— Oh...

Le pouls de Libby s'accéléra. Depuis leurs étreintes passionnées de la veille, elle avait les nerfs à fleur de peau. Même si tous deux s'étaient entendus sur le fait que cet épisode ne se répéterait pas, elle n'avait qu'une envie : revivre cette expérience magique, exaltante. Contrairement à ce qu'elle avait espéré, ces retrouvailles intimes n'avaient fait qu'attiser le feu qui bouillonnait en elle.

— Libby ?

Ramenée dans l'instant présent, elle répondit :

— D'accord... mais pour quoi faire ?

— Tu verras.

Sur ces mots, il mit fin à l'appel, laissant Libby dans la perplexité.

Il faisait nuit quand le taxi la déposa à l'adresse que lui avait indiquée Raul. Les couchers de soleil étaient précoces à cette époque de l'année et une neige fine commençait à recouvrir les rues. Libby s'autorisa un moment pour attraper quelques flocons dans ses gants et en contempler les minuscules cristaux. Un sourire ravi se dessina sur ses lèvres.

— Magnifique, murmura-t-elle, immobile au milieu d'une foule de New Yorkais qui arpentaient la rue sans un regard pour cette Australienne qui savourait son premier hiver dans cette ville magique.

Captivée, Libby n'avait pas remarqué Raul qui se tenait à la porte du magasin et dont le regard n'avait cessé de la fixer depuis le moment où elle était descendue du taxi.

Libby chassa la neige qui maculait ses gants avant de prendre la direction du magasin. Son cœur manqua un battement quand elle aperçut Raul. Avait-il été témoin de sa réaction enfantine devant cette première neige ?

Elle ne put s'empêcher de justifier son geste quand elle le rejoignit.

— Je ne suis pas habituée à ce climat.

— Je me rappelle mon premier hiver ici. J'ai ressenti un vrai choc.

— C'est si beau !

Il haussa un sourcil puis laissa échapper un petit rire.

— Ne t'a-t-on jamais dit que tu étais la personne la plus optimiste sur cette terre ?

— Pas vraiment, non, répondit-elle en rougissant.

— Eh bien, je suis sûr que c'est ce que les gens pensent de toi. Prête à entrer dans cette boutique ?

— Pour y faire quoi exactement ?

Il plaça une main dans son dos pour l'encourager à le suivre.

— Pour choisir ton alliance.

Elle marqua un temps d'arrêt devant la porte.

— Oh... Pourquoi ne pas la choisir toi-même ? Quelque chose de simple.

— Je ne te connais pas suffisamment bien pour savoir ce

que tu aimes. Et, comme tu porteras cette alliance tous les jours pendant un bon moment, je préfère qu'elle te plaise.

« Tous les jours pendant un bon moment ». Et non pour toujours... Libby ne devait se faire aucune illusion. Une fois que leur enfant aurait grandi, leur union de façade prendrait fin et chacun repartirait de son côté. Bien qu'inéluctable, cette échéance lui serrait le cœur.

— D'accord, finit-elle par dire en masquant sa déception, allons jeter un coup d'œil à l'intérieur.

À sa grande surprise, Libby eut l'impression de pénétrer dans un palais luxueux lorsqu'elle eut franchi la porte de la boutique. Le genre d'endroit dont elle n'imaginait même pas l'existence. Dès qu'ils furent entrés, le responsable du magasin se rendit disponible pour les accompagner dans un salon privé où ils pourraient contempler à loisir les bijoux qui leur seraient proposés. Une fois qu'ils se trouvèrent installés côte à côte sur un sofa, leurs jambes se frôlant, un plateau chargé de boissons et de petits-fours leur fut proposé.

Libby trouvait le silence qui les entourait oppressant. C'était la première fois, depuis leurs étreintes passionnées de la veille, que Raul et elle se trouvaient si près l'un de l'autre, d'où le sentiment d'insécurité qui l'assaillait. Plus elle pensait à son amant, aux aspects qu'il lui avait révélés de son enfance, à la réaction qui avait été la sienne en assistant à l'échographie, plus elle avait l'impression de s'enfoncer dans des sables mouvants. Il tenait de toute évidence à garder une distance émotionnelle en toutes circonstances, à ne pas se laisser emporter, contrairement à elle, par une passion folle et brûlante. Mieux valait qu'elle se le tienne pour dit.

Néanmoins, elle ne put s'empêcher de faire référence à ce qu'ils avaient partagé.

— À propos d'hier, chuchota-t-elle avant d'être sèchement interrompue.

— Je sais. Cela n'aurait pas dû se produire.

Il tourna la tête vers elle.

— À partir de maintenant, nous nous tiendrons sur nos gardes.

Libby s'apprêtait à lui dire exactement la même chose, mais entendre ces mots de la bouche de Raul lui serra le cœur. Avant qu'elle ne trouve quoi répondre, une femme se matérialisa devant eux avec deux écrins sur lesquels reposaient des alliances de diamants.

Aussi loin qu'il s'en souvienne, Raul avait toujours couru, que ce soit pour le plaisir ou pour fuir les dangers qui le menaçaient. Cette activité lui permettait en outre de réfléchir aux solutions à apporter aux problèmes qui survenaient. En règle générale, il se concentrait sur les affaires en cours, mais ce matin-là, alors que le soleil inondait la ville, ses pensées étaient résolument tournées vers Libby. Au lieu de clarifier les choses, chaque foulée de sa course l'enfonçait plus profondément dans la confusion. Et le constat demeurait le même...

Libby l'attirait terriblement.

Et elle était attirée par lui.

Et alors ?

D'autres femmes l'avaient séduit par le passé. Il avait entretenu plusieurs liaisons. La seule différence résidait dans le fait que, cette fois, sa maîtresse portait un enfant de lui. Et, bien qu'il se soit juré de ne jamais fonder une famille, il sentait qu'un lien indestructible se formait entre cet enfant à naître et lui... et aussi avec Libby.

De là venait la différence, se dit-il. Libby et lui allaient devenir coparents.

Et le sexe entre eux ne signifiait rien. Il s'agissait d'une simple égratignure au contrat qu'ils avaient élaboré ensemble.

S'ils avaient décidé de se marier, c'était pour le bien de l'enfant qu'ils élèveraient ensemble. Cette pensée l'emplit soudain d'appréhension, à tel point qu'il dut stopper sa course un moment, le temps de ralentir le rythme de sa respiration.

Il ne voulait pas de cela, songea-t-il en étouffant un juron. Il ne voulait être lié à personne.

C'est pourquoi il courait sans cesse, à perdre haleine, chaque fois que l'envie le prenait ou lorsque la situation l'imposait.

Cette fois, il se heurtait à un dilemme des plus inconfortables. Quels choix s'offraient à lui ? Il allait devenir père, un rôle sacré dont il tenait à s'acquitter pour la simple raison qu'il n'avait connu que l'absence sur ce registre-là. Il ne voulait pas transmettre à son enfant le vide sidéral provoqué par le manque d'amour et de soutien dont il avait été victime. Il devait à tout prix faire partie de la vie de Libby et de celle de son futur enfant. Aucune autre option n'était envisageable.

Les étapes qu'il s'apprêtait à franchir le terrifiaient, de même que lier sa vie à celle de quelqu'un d'autre. Mais il n'avait pas d'autre choix. Et celui-ci devait s'opérer le plus vite possible. Lorsque Libby serait officiellement devenue sa femme, il pourrait respirer normalement.

La clarté qu'il cherchait lui apparaissait enfin.

Lorsqu'elle prit connaissance du dernier mail de Raul, Libby sentit son cœur se serrer douloureusement.

Libby,
Le mariage se tiendra vendredi à 14 heures, après quoi nous fêterons l'événement dans le cadre d'un déjeuner tardif.
R

Elle le relut, les sourcils foncés, le cœur battant à tout rompre. Le message ne disait pas comment elle se rendrait à la cérémonie, ne mentionnait aucune lune de miel, ne spécifiait aucun détail pratique. Mais la teneur de ces quelques lignes l'effarait par sa brusquerie.

Deux jours seulement la séparaient de l'échéance.

Deux jours !

Elle savait que le mariage devait se tenir dans les meilleurs délais, mais jamais elle n'aurait imaginé une date aussi rapprochée. Pourtant, elle aurait dû s'y préparer. Raul ne lui avait-il pas déjà offert une alliance pour sceller leur union ?

> … après quoi nous fêterons l'événement dans le cadre d'un déjeuner tardif.

Fêter quel événement ? Leur mariage de raison ?

Ses lèvres se mirent à trembler tandis qu'un grand vide lui emplissait le cœur. Le mariage à venir ne ressemblait en rien à celui dont elle rêvait autrefois. Elle chassa ce souvenir saugrenu.

Pour le bien de son futur enfant, elle ferait preuve de force et de détermination. Elle mettrait tout en œuvre pour lui rendre la vie la plus belle possible. Et elle devait lutter contre la tristesse qui l'étreignait. Inutile de se lamenter sur son sort.

Raul rentra très tard ce soir-là ; Libby dormait déjà. Et le lendemain il quitta l'appartement à l'aube.

Le jour J, Libby se réveilla avec une étrange sensation d'absence mêlée d'anticipation.

Elle allait se marier avec un homme qu'elle n'avait pas vu depuis plusieurs jours et avec qui elle ne s'était même pas entretenue au téléphone. Malgré cela, une sorte d'euphorie la gagnait à l'idée d'unir sa vie à celle de Raul.

Dès le lever, elle se concentra sur sa tenue, qu'elle voulait irréprochable, même s'il s'agissait d'un simple mariage civil. Pour l'occasion, elle avait choisi un tailleur en soie crème, simple et élégant.

Tout en s'habillant, elle se sentait sereine, parce que son esprit était essentiellement tourné vers l'enfant qu'elle portait.

Lorsqu'elle fut fin prête, alors qu'elle envisageait de commander un taxi, la porte de l'ascenseur s'ouvrit sur Raul, vêtu d'un smoking noir qui lui allait à ravir.

Décontenancée, elle le regarda avancer vers elle.

— Tu n'étais pas censé... passer par ici, bredouilla-t-elle.

— Exact, mais j'ai changé d'avis.

— Nous devions nous retrouver à la mairie...

— Je t'ai apporté ceci.

Comme il lui tendait un bouquet de roses blanches, elle se sentit rougir. Un ruban blanc en satin incrusté de perles retenait les fleurs.

— Oh..., s'exclama-t-elle, la gorge sèche.

Jamais elle n'aurait imaginé recevoir un cadeau de ce genre de la part de Raul, mais l'attention la toucha en plein cœur.

— Merci...

Il hocha la tête avec un sourire.

— Le photographe nous attend à la mairie.

— Le photographe ? répéta-t-elle, abasourdie.

— Pour les photos du mariage.

Elle leva les yeux au ciel.

— Je sais ce que les photographes sont censés faire. Je ne pensais pas que nous en aurions un, c'est tout.

— Cela fait partie des usages, non ?

— Pour les vrais mariages, oui. Mais, franchement, aurons-nous vraiment envie de nous souvenir de ce jour ?

Il se crispa imperceptiblement.

— Ce n'est pas pour nous. Notre enfant, qu'il s'agisse d'un garçon ou d'une fille, sera ravi de voir des photos de ses parents, prises le jour de leur mariage.

— C'est vrai, répondit-elle avec un hochement de tête.

— Souhaites-tu avaler quelque chose avant que nous partions ?

— Non, je n'ai vraiment pas faim.

Comme elle ébauchait une petite grimace, il haussa un sourcil interrogateur.

— Je suis nerveuse, jugea-t-elle utile de préciser.

— Pourquoi ?

— Parce que j'épouse un homme que je ne connais pas, ou très peu. Et, même si je sais qu'il ne s'agit pas d'un vrai mariage, j'ai l'impression de vivre un moment important. Pas toi ?

— Tu me demandes si je suis nerveux ?

Elle hocha la tête.

— Eh bien, non.

— Vraiment ? Même pas un petit peu ?

Il scruta son visage avant de répondre :

— Tu te sentiras mieux quand ce sera terminé.

— Comme après l'extraction d'une dent ?

Un sourire amusé se dessina sur les lèvres de Raul.

— Exactement.

— Mais sans anesthésiant.

— Ce sera indolore et terminé au bout de quelques minutes.

Elle hocha la tête et prit une profonde inspiration dans l'espoir de calmer la nervosité qu'elle ressentait.

— Très bien. Allons-y, alors.

Les minutes qui suivirent lui parurent surréalistes. Comme dans un rêve, elle se vit emprunter l'ascenseur avec son fiancé, puis gagner la limousine qui les attendait au bas de l'immeuble. À leur arrivée à la mairie, ils montèrent les marches qui y menaient dans un silence abyssal. Quelques confettis et pétales de roses, vestiges d'un précédent mariage, virevoltaient autour d'eux. Libby préféra les ignorer, se concentrant sur l'instant. Même si elle avait le sentiment de commettre une grave erreur en acceptant ce mariage, elle devait se convaincre qu'elle agissait ainsi pour le bien de son enfant à naître. Lui seul comptait.

Alors elle suivit Raul dans l'enceinte de la mairie. Un simple panneau indiquait le bureau d'enregistrement des unions civiles.

— C'est là que nous allons, n'est-ce pas ? demanda-t-elle en levant les yeux vers Raul, dans l'espoir insensé qu'il renonce à cette folie.

Mais il se contenta de hocher brièvement la tête, les lèvres serrées. Libby comprit qu'il éprouvait le même sentiment qu'elle, mais refusait de l'admettre.

Soudain, alors qu'elle ne s'y attendait pas le moins du monde, elle sentit le bras de Raul lui enserrer la taille et elle frémit. Les jambes en coton, elle se laissa conduire le long d'un immense couloir brillamment éclairé jusqu'à une porte en bois où avait été épinglé un carton à leurs deux noms.

Ortega & Langham – 14 h

Incapable de regarder Raul, Libby prit une grande bouffée d'air et fixa son attention sur la porte en bois jusqu'à ce qu'elle s'ouvre, quelques minutes après 14 heures, sur un jeune couple rayonnant de joie. La femme portait une robe fleurie qui mettait en valeur sa chevelure rousse et l'homme était vêtu d'un kilt. Serrés l'un contre l'autre, ils se mangeaient du regard et c'est à peine s'ils aperçurent le couple qu'elle formait avec Raul. Tant mieux. Libby préférait que personne ne remarque la pâleur de ses traits. Elle avait conscience de ne pas offrir un tableau très reluisant.

Malgré son état d'esprit, elle trouva la force de se concentrer sur le positif. La salle dans laquelle ils venaient d'entrer offrait un cadre sublime pour célébrer des unions. Et elle ressentait une fierté immense à l'idée du cadeau qu'elle offrait à son futur enfant en épousant Raul. Elle avait bien conscience qu'elle aurait pu agir différemment et refuser ce mariage sans pour autant mettre en péril l'avenir de son enfant. Mais, pour avoir grandi dans l'insécurité la plus totale, elle avait la conviction d'avoir fait le meilleur choix. Elle voulait offrir une vie des plus heureuses à son enfant et savait que Raul l'y aiderait. Non seulement parce qu'il possédait une fortune colossale, mais parce que tous deux poursuivaient le même objectif. Rien ne comptait davantage à leurs yeux que l'avenir du bébé, sa sécurité, son bonheur.

La cérémonie ne tarda pas à commencer et, très vite, elle s'acheva sur l'échange des vœux et des alliances.

— Félicitations, entendit-elle soudain, vous pouvez à présent embrasser la mariée.

Effarée, elle plongea un regard consterné dans celui de Raul.

Rien ne l'avait préparée à cela...

Elle se sentait affreusement vulnérable, comme privée de l'armure qui la protégeait jusque-là. Elle avait besoin de temps pour s'habituer à son nouveau statut de femme mariée et se sentait prise dans une sorte de tourbillon émotionnel. La tête lui tournait, son cœur battait à un rythme effréné, ses jambes la soutenaient à peine.

Conscient du trouble qui habitait sa jeune épouse, Raul ne tarda pas à l'attirer dans ses bras et, lentement, guettant chacune de ses réactions, baissa la tête jusqu'à frôler ses lèvres. C'est à ce moment précis que Libby sentit toute son anxiété l'abandonner. Les yeux fermés, elle accueillit avec ravissement le baiser de celui qui était devenu son mari, pour le meilleur et pour le pire. Mais à cet instant précis elle ne percevait que le meilleur. Tel un papillon émergeant de sa chrysalide, elle sentait qu'une transformation profonde venait de s'opérer. Elle n'était plus Libby Langham mais Libby Ortega, une femme différente, belle, forte, mariée, déterminée à offrir le meilleur à l'enfant qu'elle portait. Et elle savourait la douceur des lèvres de Raul sur les siennes, la chaleur de sa main dans son cou, la pression de son corps contre le sien. Quoi que lui réserve l'avenir, elle garderait un souvenir inoubliable de cette étreinte.

9

Raul s'écarta légèrement. Quand Libby croisa son regard, elle eut l'impression qu'il la voyait pour la première fois. Ses yeux brûlants détaillaient son visage, comme s'il souhaitait imprimer à jamais cette image dans sa rétine. Puis il l'embrassa à nouveau, avec fièvre, dans une étreinte qui lui rappela celle qu'ils avaient partagée sur le bateau.

Le corps pressé contre celui de Raul, Libby savoura chaque seconde de ce baiser passionné jusqu'à ce qu'il prenne fin.

— Toutes mes félicitations, dit l'officier d'état civil avec un sourire. À votre sortie, Rowena s'occupera des papiers vous concernant.

— Merci, répondit Raul tout en se tournant vers Libby.

À la vue de la confusion qui se lisait dans son regard, il sentit son cœur se serrer. Il fallait qu'il reprenne le contrôle de la situation et la gère au mieux.

Au moment de la signature du contrat de mariage, le photographe recruté par l'assistante de Raul se matérialisa à leurs côtés. Raul s'efforça de sourire pour offrir un visage rayonnant sur les clichés qui, plus tard, seraient montrés à leur enfant. Raul n'en possédait aucun le représentant enfant ou représentant ses parents biologiques, ou qui que ce soit d'autre. Son enfant à naître vivrait une enfance radicalement différente de la sienne, se promit-il.

Une fois à l'extérieur, Libby et lui posèrent pour quelques photos supplémentaires. Quand le photographe proposa de graver un baiser sur pellicule, Raul secoua la tête en signe de refus.

— Non, merci, ça ira.

Comme il sentait Libby se raidir à ses côtés, il se ressaisit.

— Il fait froid, allons nous mettre à l'abri, dit-il en lui adressant un sourire.

Elle se contenta de hocher la tête, sans croiser son regard.

Une fois installé dans la limousine, Raul constata que Libby se tenait le plus loin possible de lui. Tant mieux. Garder leurs distances était préférable.

— Tu avais parlé d'un déjeuner, dit Libby. Est-ce toujours d'actualité ?

— Oui, une idée de mon assistante.

Il ne se rendit pas compte de l'effet produit par ces quelques mots sur celle qui depuis peu était devenue sa femme. Il en eut conscience quand elle reprit la parole d'une voix tremblante.

— Nous pouvons nous en passer, suggéra-t-elle. Nous n'avons rien à fêter.

Raul se maudit intérieurement. Le manque de tact dont il faisait preuve ne lui ressemblait pas.

— Nous venons de nous marier, objecta-t-il. C'est le moins que nous puissions faire pour célébrer ce moment.

— Je n'en ressens pas la nécessité, grommela-t-elle, les yeux rivés sur l'alliance à son doigt.

D'instinct, Raul posa une main sur la sienne, geste qu'il regretta aussitôt. Une onde de chaleur le parcourut, tandis que le souvenir de leur baiser lui revenait en mémoire. À chaque contact physique, il oubliait toutes les promesses qu'il s'était faites, les limites à ne pas franchir, les restrictions qu'il s'imposait.

— Nous aurons bientôt un enfant, dit-il d'une voix grave, et nous l'élèverons ensemble. Nous savons l'un comme l'autre à quel point c'est important.

— Oui, murmura-t-elle en évitant son regard et en tournant la tête vers la vitre.

— Célébrons donc l'engagement que nous prenons envers notre futur enfant. Aujourd'hui commence notre vie de famille.

— Famille..., répéta Libby, comme si ce mot impliquait la pire des menaces.

Curieusement, il provoqua en Raul le même genre de frayeur. Alors il retira la main qu'il avait posée sur celle de Libby.

Non seulement le restaurant offrait un cadre magnifique, mais en plus l'assistante de Raul s'était surpassée en leur réservant une alcôve privée décorée pour l'occasion d'un magnifique bouquet de roses blanches.

— Tu es très belle, ne put s'empêcher de lui dire Raul en contemplant la tenue soyeuse qu'elle portait.

Le rouge lui monta aux joues lorsqu'elle s'installa en face de lui.

— J'avais envie de revêtir quelque chose d'ancien. J'ai acheté d'occasion cet ensemble qui date des années vingt.

— Il te sied à merveille.

— Je dois être un peu démodée, dit-elle en baissant les yeux vers son alliance.

La gêne qui s'était installée entre eux disparut quand une serveuse se matérialisa à leur table avec une bouteille de champagne.

— Cette boisson ne contient pas d'alcool, comme convenu avec la personne qui s'est occupée de votre réservation, leur dit-elle avec un grand sourire.

Ils demeurèrent silencieux tandis que la serveuse remplissait leurs coupes, et le silence se prolongea même après son départ. Libby jouait distraitement avec son verre.

— Portons un toast, finit par proposer Raul.

Comme Libby croisait son regard, il ajouta :

— Buvons au futur de notre bébé.

Libby ne pouvait qu'adhérer à cette célébration.

— À notre bébé, murmura-t-elle en prenant une gorgée de la boisson pétillante. Je n'arrive pas à croire que nous sommes mariés, ajouta-t-elle tout bas.

— J'y étais. Cela s'est vraiment produit.

Elle ébaucha une grimace.

— Évidemment… Je veux simplement dire…

— Je sais ce que tu veux dire.

— J'ai l'impression que ma vie s'est transformée en une fraction de seconde.

Elle jeta un regard circulaire sur la salle avant d'ajouter :

— Regarde cet endroit… C'est le genre de restaurant que fréquentent mes clients, pas moi.

L'air parfaitement à son aise, Raul pencha la tête de côté.

— Comment envisageais-tu l'avenir, Libby ?

— Je n'y avais pas réfléchi, répondit-elle avec sincérité. Je pensais étudier, trouver un emploi qui me permettrait de travailler à distance pour pouvoir m'occuper du bébé.

Raul hocha la tête.

— Et s'il n'y avait pas eu de bébé ? Avant de me rencontrer, quels étaient tes projets ? Tu m'avais dit avoir envie de te professionnaliser dans la cuisine, de devenir chef. À part ça, tu rêvais de quoi d'autre ?

La question n'avait rien d'intrusif, mais Libby se sentit soudain sur la défensive.

— Je n'avais rien de spécial en tête. Il fallait simplement que je trouve un travail pour être en mesure de subvenir à mes besoins.

— Bien sûr… Mais qu'y avait-il d'autre parmi tes envies ?

— Rien… sauf peut-être…

— Quoi donc ? demanda-t-il pour l'encourager à poursuivre.

Elle ébaucha un sourire et secoua la tête. Puis, à la lueur d'intérêt qu'elle perçut dans le regard de Raul, elle avoua :

— C’est stupide... Quand j’étais enfant, je voulais devenir docteur.

— Pourquoi dis-tu que c’est stupide ? fit Raul, étonné.

— Surtout parce que je ne supporte pas la vue du sang, répondit-elle avant d’avaler une gorgée de sa boisson.

Comme un souvenir lui revenait en mémoire, elle ajouta :

— Un jour, je devais avoir sept ou huit ans, ma mère s’est évanouie sous mes yeux. Je l’ignorais à ce moment-là, mais elle avait beaucoup bu. Comme je n’arrivais pas à la réveiller, j’ai été prise de panique. Plus tôt, cette année-là, des pompiers étaient venus dans notre école pour nous apprendre les gestes utiles en cas d’urgence. J’ai donc appelé le numéro qu’ils nous avaient communiqué. Le Samu est intervenu très vite. Les soignants m’ont alors promis que tout irait bien. Ma mère était furieuse, après coup.

— Pourquoi ?

— D’abord, parce qu’elle se sentait gênée de m’avoir donné ce spectacle-là. Ensuite, à cause du coût de l’intervention. Je n’oublierai jamais le sentiment d’impuissance qui s’est emparé de moi ni l’efficacité de l’équipe de secours, qui a su immédiatement quoi mettre en œuvre, que ce soit pour ranimer ma mère ou me rassurer.

Libby fronça le nez avant d’ajouter :

— Je n’imaginais pas pouvoir un jour leur ressembler. C’est la raison pour laquelle je me contente de nettoyer des maisons... et des bateaux.

Raul posa une main sur la sienne, sur la table. Un geste de compassion qu’elle rejeta aussitôt en retirant sa main.

— Ne crois pas que ce métier me déplaise. En réalité, il me convient plutôt bien. Le salaire est correct et je peux choisir mon emploi du temps.

— Sans compter les aventures occasionnelles en mer !

— Tout à fait, répliqua Libby avec un sourire qui la surprit par sa spontanéité.

La serveuse revint à leur table pour prendre leur commande. Comme Libby n'avait pas encore consulté la carte, elle accepta volontiers le menu dégustation que suggéra Raul.

— Il me semble que vous souffrez de certaines allergies, n'est-ce pas ? demanda la serveuse en consultant son bloc-notes.

Ce fut Raul qui répondit à la place de Libby.

— Non, mais mieux vaut éviter les coquillages et les fromages à pâte molle.

Libby ouvrit de grands yeux. Ainsi, Raul avait lu les livres sur la grossesse qu'elle s'était procurés ? Évidemment, rien d'étonnant à cela : son mari ne voulait prendre aucun risque avec leur futur enfant.

— C'est noté, dit la serveuse avec un sourire avant de tourner les talons et de les laisser seuls.

Libby posa les coudes sur la table et sa tête entre ses mains.

— Et toi ? lança-t-elle. Que voulais-tu devenir quand tu étais enfant ?

Il eut un sourire en coin.

— Bâtisseur !

— Vraiment ?

— J'adorais voir les gratte-ciel s'élever. J'avais l'impression qu'ils prenaient directement racine dans le sol. L'acier, le béton, les échafaudages me fascinaient. J'aurais pu sécher l'école et contempler l'avancement des chantiers toute la journée. Parfois, il m'est arrivé d'apporter mon aide contre un peu d'argent. J'adorais ce sentiment de créer de mes mains. Mais ça n'a pas duré. Je suis vite passé à autre chose…

— Et devenu… très riche, dit Libby en fronçant à nouveau le nez. Je ne sais même pas ce que tu fais, à part gagner beaucoup d'argent.

— Je me suis mis à investir dans des entreprises, répondit Raul comme s'il n'existait rien de plus simple.

— Quel genre d'entreprises ?

— Des entreprises en difficulté mais à fort potentiel. Je les achète pour une bouchée de pain, les restructure pour les rendre rentables et réaliser des bénéfices. La plupart du temps, je les revends.

Libby secoua la tête, l'air effaré.

— J'ai du mal à imaginer que l'on puisse devenir riche en partant de rien. Pour moi, le simple fait de m'en sortir relève du miracle. C'est une lutte de tous les jours.

— Exactement, déclara farouchement Raul. Avant de m'en sortir, j'ai touché le fond, Libby, littéralement. Je l'ai longtemps raclé à mains nues, jusqu'à ce que je prenne la décision de réagir. Je ne voulais plus vivre comme ça. J'ai dû me battre bec et ongles pour émerger de cette misère. Je m'étais promis de ne plus jamais avoir faim ou froid, de ne plus jamais vivre dans la rue.

Libby ressentit un élan d'admiration pour cet homme à la détermination sans faille et éprouva un sentiment de fierté qui la surprit et qu'elle chassa aussitôt. Pourquoi serait-elle fière de cet homme qui n'était son mari que sur le papier ? Rien de ce qu'il possédait ne lui appartenait. Cette pensée lui donna à réfléchir, et le sourire qu'elle affichait s'évapora.

Raul poursuivit :

— J'ai obtenu un emploi dans une société de construction. Un couple de personnes âgées la dirigeait. Ils avaient environ quatre-vingts ans quand je les ai connus. J'ignore pourquoi ils m'ont recruté. Je me le demande encore... J'avais dix-sept ans, j'étais maigre comme un clou, mais ils n'ont pas hésité à miser sur moi et j'ai saisi cette occasion à bras-le-corps. Je me suis mis à travailler d'arrache-pied. La femme du propriétaire nous apportait notre déjeuner sur le site. Elle avait remarqué que je mourais de faim. J'ai fini par prendre du poids et, plus je me renforçais, plus je travaillais dur. Je suis resté à leur service durant trois ans et j'ai appris à les connaître. Puis, un jour, Pedro m'a annoncé qu'il prenait sa retraite et souhaitait me léguer l'entreprise. Il m'en faisait cadeau, Libby. Cadeau… Te rends-tu compte ? Toutefois, il comptait sur moi pour que je la rende encore plus prospère. Il disait que j'en étais capable.

Les yeux de Raul brillaient de reconnaissance et Libby sentit son cœur chavirer.

— Personne n'avait jamais cru en moi, jusque-là, ajouta-t-il avec émotion. Le cadeau qu'ils m'ont fait s'est transformé en fardeau. J'ai passé ces dix dernières années à faire prospérer cette entreprise, pour leur prouver qu'ils ne s'étaient pas trompés sur moi.

— La possèdes-tu encore ?

— Elle représente l'épine dorsale de tout ce que j'entreprends. Elle est méconnaissable aujourd'hui, mais je n'ai jamais changé son nom. Je pense souvent à Maria et Pedro. Souvent, je me demande ce que je serais devenu sans leur aide.

— Ils n'ont pas eu d'enfants ?

— Non, ils ne pouvaient pas en avoir.

Libby lui adressa un sourire ému.

— À mon avis, ils ont dû avoir l'impression de gagner au loto quand ils t'ont pris sous leur aile.

— J'essaye en toutes circonstances de prendre des décisions dont ils seraient fiers. Pour justifier le cadeau qu'ils m'ont fait, je présume.

— Raul, je crois sincèrement que, même sans leur aide, tu te trouverais exactement à la même place aujourd'hui. Tout comme moi, Pedro et Maria ont vu quelque chose en toi…

Il sonda son regard, puis se détourna, comme s'il refusait de croire à ce qui venait d'être dit.

— T'arrive-t-il encore de penser à ces gars qui ont volé ton bateau ? demanda Libby en buvant une gorgée de son champagne sans alcool.

— Penser à eux… de quelle manière ?

— T'interroger sur la vie qu'ils mènent, ce qu'ils font aujourd'hui ?

— Je sais ce qu'ils font aujourd'hui. Deux d'entre eux ont intégré un programme d'apprentissage. Un autre est dans un internat en ville, et un autre a été pris en charge par un travailleur social parce qu'il a subi des traumatismes dans son enfance.

Libby s'adossa à son siège, étonnée par ce qu'elle venait d'entendre.

— Comment le sais-tu ? demanda-t-elle.

Raul, l'air gêné, semblait peu désireux de répondre à cette question.

— C'est toi, n'est-ce pas ? C'est toi qui as fait cela pour eux ?

— Des sanctions de nature judiciaire ne me semblaient pas appropriées. La détention n'aurait rien apporté à ces jeunes. Je suis bien placé pour le savoir.

Voyant des larmes couler sur les joues de Libby, Raul eut soudain l'air inquiet.

— Je suis désolée, dit-elle en riant à moitié. Ce sont les hormones dues à la grossesse qui me jouent des tours.

Elle essuya ses larmes avec un mouchoir, puis reprit :

— En fait… non, c'est plus que cela… Je pense que tu as merveilleusement bien agi à l'égard de ces jeunes. Pedro et Maria seraient fiers de toi.

Raul détourna les yeux, mais elle savait qu'elle avait touché une corde sensible en lui.

— C'était la meilleure chose à faire, dit-il d'un ton bourru.

— Oui, mais peu de gens auraient agi comme tu l'as fait. Ils t'ont tout de même frappé…

— J'ai été pris au dépourvu, dit Raul en l'interrompant. Celui qui m'a frappé n'était qu'un enfant.

— Ils ont volé ton bateau…

— Je l'ai récupéré, sans dommages. Et puis un bateau n'est qu'un bateau. Un bien matériel facile à remplacer.

Quand leur entrée, un délicieux velouté, leur fut servie, ils la dégustèrent tout en discutant de choses et d'autres. Ils parlèrent de la ville, de la manière dont chacun la percevait. Ils s'interrogèrent l'un l'autre sur les rues qu'ils préféraient, les cafés qui leur plaisaient le plus, les endroits qu'ils n'avaient pas encore explorés et qu'ils souhaitaient découvrir.

— Tu sais, dit Libby avec un sourire, ce que je vis aujourd'hui change profondément mes habitudes. Tout est différent, le climat, les rues, les immeubles… Je n'ai pris l'avion qu'une seule fois avant de te connaître. Pour me rendre à l'enterrement de ma mère à Brisbane.

Raul dardait sur elle un regard indéchiffrable, mais il l'écoutait avec attention.

— Maintenant, j'ai l'impression d'avoir enfin ouvert les yeux sur le vaste monde qui nous entoure et j'ai envie de l'explorer autant que possible, ajouta-t-elle, les yeux brillants.

— Où aimerais-tu aller ? demanda Raul quand la serveuse se présenta à leur table pour desservir.

— Oh ! loin de moi l'idée de quitter New York, et je veux m'imprégner de son atmosphère pendant que je séjourne ici. Je veux tout voir et tout comprendre. Bien sûr, j'aimerais aussi découvrir d'autres endroits, des lieux qui me semblaient hors de portée autrefois. J'aimerais les faire découvrir à mon enfant, les explorer avec lui.

— Tu pourras le faire, l'assura Raul. Tu sais que mon avion est à ta disposition, n'est-ce pas ?

Les yeux de Libby s'arrondirent de surprise.

— Euh… non… Je l'ignorais, en fait.

Elle se sentit rougir sous le regard attentif de Raul. Avait-il deviné, à travers les envies d'escapades qu'elle lui avait décrites, qu'il figurait aussi au programme ?

Elle détourna les yeux avant d'ajouter :

— Eh bien… merci.

10

Raul ne comprenait pas ce qui avait pu heurter Libby. La jeune femme se tenait à présent immobile en face de lui, les yeux fuyants, comme piégée dans une situation qu'elle trouvait des plus désagréables. Il regrettait que l'atmosphère sereine qui régnait entre eux se soit évaporée, laissant place à une tension des plus palpables.

Cette jeune femme, devenue depuis peu son épouse, l'obsédait, et cette idée le contrariait. Il la dévorait des yeux, admirait la texture soyeuse de sa chevelure, la peau nacrée de son visage, la manière dont ses lèvres s'écartaient quand elle laissait échapper un petit soupir, ses doigts fuselés autour de sa flûte de champagne.

Des détails qui lui en rappelaient d'autres, découverts dans l'intimité, quand leurs deux corps avaient fusionné pour n'en former plus qu'un. Des souvenirs brûlants qu'il valait mieux oublier.

Libby fut la première à rompre le silence qui pesait entre eux.

— Tu travailles de très longues heures, dit-elle si bas qu'il l'entendit à peine, tant ses propres pensées l'absorbaient.

— Oui, finit-il par admettre.

Libby plissa les yeux tout en l'observant attentivement.

— As-tu toujours fonctionné de cette manière ?

— Oui, bien sûr.

— Ce n'est pas... seulement depuis... que je vis ici ? bredouilla-t-elle.

Raul fronça les sourcils.

— Crois-tu que je t'évite ?

— Disons que... j'y ai songé, oui.

— Mon travail est exigeant, répondit-il.

Ce n'était pas l'exacte vérité, car ses plus proches collaborateurs avaient toutes les compétences pour se substituer à lui dans n'importe quelles circonstances.

— J'ai du mal à lâcher prise, avoua-t-il après un moment de réflexion. Je suis probablement ce que l'on pourrait appeler un maniaque du contrôle.

— Vraiment ? Je suis choquée d'entendre cela, déclara Libby d'un air si sérieux qu'il lui arracha un sourire.

— Je rends sans doute la vie infernale à mes cadres, marmonna-t-il, mais je ne peux pas m'en empêcher. Avoir connu la pauvreté me rend ainsi, j'imagine. Et aussi la volonté de ne pas gâcher le cadeau que j'ai reçu de Pedro et Maria.

— Tu as donc l'impression que si tu levais le pied de l'accélérateur, tu risquerais de tout perdre ?

— Non, je n'ai pas peur de cela et, sincèrement, je n'ai pas besoin de tout ce que je possède. La richesse n'est pas un levier de motivation pour moi. Une fois que l'on a un toit au-dessus de la tête et la possibilité de se nourrir convenablement trois fois par jour, le reste est accessoire.

— Qu'est-ce qui te motive, alors ?

— J'aime gagner, répondit-il simplement. Réussir dans les affaires s'apparente à une victoire, tu ne crois pas ?

Elle lui adressa un sourire énigmatique avant de répondre :

— Peut-être, oui.

Comme cette réponse semblait manquer de sincérité, il demanda :

— Tu n'es pas d'accord ?

— Réussir sa vie me paraît mieux.

— Comment mesures-tu le succès dans la vie ?

Comme Libby hésitait, l'air gêné, il insista :

— Vas-y, exprime-toi.

Curieusement, il brûlait d'entendre son point de vue sur cette question fondamentale.

— J'y ai beaucoup réfléchi en grandissant…

Elle se tut quand la serveuse arriva avec leurs plats. Les yeux rivés sur l'assiette qui venait d'être posée devant elle, Libby semblait chercher ses mots pour préciser sa pensée.

Quand enfin elle les releva et plongea son regard dans celui de Raul, il retint sa respiration, comme s'il s'apprêtait à entendre une vérité à laquelle il n'était pas préparé.

— Je n'ai jamais voulu grand-chose, en réalité. Seulement une expérience différente de celle que j'avais connue chez moi. J'avais simplement envie… d'une famille. Ma plus grande aspiration n'était autre que vivre un mariage heureux et avoir une ribambelle d'enfants.

Malgré le sourire qu'elle lui offrait, Raul reçut ce message comme une pique en plein cœur. Il ne pouvait nier que leur mariage, compte tenu de sa nature, sonnait le glas des espoirs et des rêves auxquels Libby s'était accrochée depuis l'enfance. Tous deux n'auraient qu'un seul enfant. Raul avait du mal à s'imaginer dans le rôle de père, et en concevoir plusieurs s'apparentait pour lui à une hérésie.

— Parfois, la vie ne se déroule pas comme prévu, dit-il d'un ton bourru, mais cela ne veut pas dire qu'on a tout raté.

— Je le sais, répondit-elle avant de pousser un léger soupir. Simplement, voilà : j'ai toujours pensé que je trouverais quelqu'un qui serait… ma moitié, mon âme sœur. Que je tomberais follement amoureuse et connaîtrais le bonheur jusqu'à la fin des temps. Que je vivrais un véritable conte de fées.

Elle secoua la tête et émit un petit rire avant d'ajouter :

— Un rêve juvénile stupide.

Elle passa une main sur son petit ventre rebondi et conclut sur ces mots :

— J'adore notre bébé, Raul. Cela me suffit amplement.

Raul espérait de tout son cœur que les propos qu'elle venait de lui tenir représentaient la vérité, car il n'avait rien d'autre à lui offrir.

Ignorant la douleur sourde qui l'étreignait, Libby leva les yeux au plafond. Jamais elle n'aurait imaginé que sa nuit de noces se passerait de cette manière, dans la solitude la plus absolue. Elle n'y avait pas réellement réfléchi, mais au plus profond d'elle-même elle avait espéré vivre une expérience radicalement différente.

Il faudrait désormais qu'elle ignore le vide qu'elle ressentait en elle.

Raul avait raison, et elle ne pouvait le nier : la vie n'offrait pas toujours ce que l'on en attendait. Toutefois, de son point de vue, être heureux demeurait une question de choix, et elle avait toujours choisi le bonheur. Elle trouvait du plaisir dans les petites choses de la vie : l'odeur du printemps et de l'herbe coupée, la sensation du sable mouillé sous les pieds. Des petits plaisirs qui avaient le pouvoir de l'émerveiller et que personne ne pouvait lui enlever.

Et elle savait que la clé de son bonheur futur dépendait de sa capacité à apprécier les choses à leur juste valeur. Désormais, libérée des soucis d'argent, elle concentrerait toute son attention sur la vie qui grandissait dans son ventre. Et, même si elle devait accepter que Raul ne l'aime pas, elle avait la certitude qu'il aimait leur futur enfant. Il ferait sans nul doute un père formidable, ce dont elle lui serait à jamais reconnaissante.

Une semaine après leur mariage, Raul relut pour la dixième fois le mail de son assistante, avec un étrange pressentiment.

Mme Ortega se joindra-t-elle à vous ?

Il s'agissait pourtant d'une demande des plus simples, des plus naturelles. Justine imaginait sans doute que le jeune couple, fraîchement marié, ne souhaiterait pas se séparer de sitôt. Raul n'avait expliqué à personne, à l'exception de ses avocats, les raisons qui avaient motivé son mariage avec Libby.

Que pouvait-il répondre à cette demande ?

Un simple non ? Raul n'avait pas pour habitude d'expliquer ses décisions à qui que ce soit. Pourquoi commencer maintenant ?

Toutefois, ce voyage à Rome figurant parmi ses priorités, une pointe de culpabilité l'étreignait à l'idée d'abandonner Libby. Il ébaucha une grimace, non pas parce qu'il devait justifier la réponse qu'il donnerait à Justine, mais parce qu'il devait annoncer à Libby son départ pour l'Europe sans elle.

Une décision qui irait à l'encontre de la promesse qu'il s'était faite : offrir à sa femme la possibilité de voler de ses propres ailes. Promesse destinée à apaiser sa conscience, bien évidemment. Il n'ignorait pas qu'il avait réduit à néant les rêves que Libby nourrissait depuis l'enfance, à savoir connaître un mariage d'amour et vivre un véritable conte de fées.

Frustré à l'extrême, il quitta son fauteuil et se mit à arpenter le bureau de long en large. Il ne voulait pas que la mauvaise conscience qui l'habitait devienne encore plus oppressante.

Libby saurait masquer sa déception, mais elle se sentirait de toute évidence blessée, voire offensée à l'idée que son mari rejette sa présence à ses côtés. Si elle l'accompagnait à Rome, rien ne les obligeait à passer du temps ensemble. Puisque le voyage était motivé par des raisons professionnelles, chacun vaquerait à ses occupations. Rome était une grande ville que Libby pourrait visiter à loisir. Si l'invitation qu'il lui faisait laissait entendre cela, tout irait bien.

Un peu rasséréné, Raul s'installa à nouveau à son bureau et tapa rapidement sa réponse.

Oui.

— Libby ?

Surprise par cette visite inattendue alors qu'elle s'apprêtait à se coucher, la jeune femme jeta un coup d'œil sur son réveil, qui indiquait 22 heures.

— Oui ?

— Aurais-tu un instant à m'accorder ?

Elle jeta un regard paniqué à son reflet dans le miroir. Elle se sentait ridicule dans le pyjama qu'elle portait : un simple pantalon de yoga confortable surmonté d'un débardeur, et l'idée que Raul la découvre dans cette tenue la dérangeait.

Comme elle hésitait à lui ouvrir, la voix de Raul se fit à nouveau entendre.

— Libby ?

— D'accord, marmonna-t-elle en ouvrant la porte.

Contrairement à elle, Raul portait une tenue élégante et décontractée à la fois. Il avait remonté les manches de sa chemise, et le pantalon anthracite qu'il portait révélait l'étroitesse de ses hanches.

La bouche sèche et le cœur battant, elle comprit que ce n'était pas la tenue de Raul qui l'impressionnait à ce point. C'était la manière dont il la regardait. Ses yeux avaient balayé sa silhouette de haut en bas avant de s'arrêter sur son ventre arrondi. D'instinct, elle y posa une main comme pour le protéger.

Quand leurs regards se croisèrent à nouveau, elle comprit que son mari ressentait une vive émotion.

— Est-ce que je peux… ? murmura-t-il en tendant la main vers elle.

Bouleversée, Libby demeura un long moment silencieuse avant d'accéder dans un murmure à la demande son mari.

— Bien sûr...

Les yeux fermés, Raul posa une main délicate sur le ventre arrondi de sa femme. Aussitôt, Libby se sentit transportée. Un lien vital venait de s'établir entre elle, son mari et le bébé qui grandissait en elle.

Quand il rouvrit les yeux, il les planta dans les siens et son cœur se mit à battre la chamade.

Libby fut la première à reprendre la parole.

— Tu... Tu as besoin de quelque chose ? bredouilla-t-elle.

Il s'agissait là d'une question innocente, ne comportant aucune ambiguïté, mais elle lui fit l'effet d'une invitation. Hélas, elle ne pouvait ravaler les paroles qu'elle venait de prononcer.

Pourquoi un désir aussi intense s'insinuait-il dans ses veines chaque fois qu'il la regardait de cette manière ? Comme s'il mourait d'envie de lui arracher ses vêtements.

— Libby..., dit-il avant de s'interrompre.

Il semblait en proie à la colère, mais à sa grande surprise elle se sentit attirée contre lui. Incapable de résister à l'attraction qu'il exerçait sur elle, elle le fixa intensément.

— Tu me rends fou, murmura-t-il d'une voix rauque, le regard brûlant.

Soudain, leurs lèvres se soudèrent en un baiser passionné. Leurs corps arrimés l'un à l'autre semblaient ne plus en former qu'un seul tandis qu'ils s'étreignaient avec force. Ils n'avaient partagé qu'un baiser, et pourtant un feu incandescent les consumait.

— Raul..., murmura-t-elle d'une voix tremblante quand leurs lèvres se détachèrent.

Elle entoura son cou de ses bras et se cambra contre son corps, abandonnant toute résistance.

Raul étouffa un juron contre ses lèvres, puis la souleva de terre pour l'emporter jusqu'au lit. Tous deux pris de frénésie, ils s'aidèrent à se déshabiller avant de s'étreindre avec fougue. Plus rien n'existait excepté l'assouvissement de leur désir.

Quand ils retombèrent, exténués, sur le lit, Raul serra les mâchoires. Il s'en voulait terriblement d'avoir cédé à la tentation de connaître l'extase une fois de plus dans les bras de Libby. Mais elle s'était offerte à lui avec une simplicité déroutante. Quand il avait lu l'invitation sur son doux visage, sur ses lèvres entrouvertes, quelque chose d'intense l'avait parcouru, quelque chose qu'il refusait de nommer et qui l'avait terrassé.

La situation devenait compliquée. Or il n'avait pas l'habitude du désordre dans son existence. Chaque fois qu'un rouage se déréglait, l'envie de courir le plus vite et le plus loin possible l'étreignait.

Il quitta le lit, enfila son caleçon, puis s'arma de courage pour affronter le regard de Libby. Il ne pouvait plus envisager de l'emmener à Rome avec lui.

— Je m'envole pour l'Italie demain, dit-il d'un ton plus sec qu'il ne l'aurait souhaité.

Alors qu'elle semblait encore flotter dans les nuages après les torrides étreintes qu'ils avaient partagées, il la vit écarquiller les yeux de surprise. Avec un léger froncement de sourcils, elle le fixa avec intensité.

— Pardon ?

— Je suis venu te dire que je pars en Italie ; à Rome, plus précisément, répéta-t-il, le regard indéchiffrable et les bras croisés sur la poitrine.

L'état de béatitude dans lequel Libby baignait jusque-là s'évapora aussitôt et elle se raidit. Enfant, elle avait souvent eu la sensation que le sol se dérobait sous ses pieds. Elle avait bien conscience que rien n'était permanent, que tout pouvait changer en un instant, mais, après les ébats fiévreux que Raul et elle venaient de vivre, elle ne s'attendait pas à autant de froideur de sa part, comme s'il lui avait planté la lame d'un couteau en plein cœur.

— C'était donc la raison de ta visite...

— Je suis attendu pour une réunion.

— Oh…

Une terrible envie de pleurer la saisit, mais elle la contint. Elle détestait cette vulnérabilité qui lui collait à la peau. Depuis son plus jeune âge, elle avait enchaîné une succession de déceptions, chaque fois que sa mère lui présentait un « nouveau papa », rompant ainsi le lien fragile que sa fille avait instauré avec le précédent.

Les changements et les imprévus avaient jalonné toute sa vie, raison pour laquelle elle avait préféré demeurer célibataire plutôt que de s'attacher à des hommes susceptibles de la blesser.

Elle baissa les yeux vers le drap pour cacher la peine qui l'habitait, espérant que Raul ne décèlerait pas les émotions qui la traversaient.

— Merci… de m'avoir informée, dit-elle d'une voix éteinte.

Sans le regarder, elle comprit qu'il rassemblait ses vêtements et s'apprêtait à la quitter. Quand elle l'entendit ouvrir la porte, elle retint sa respiration.

— Si tu as besoin de quoi que ce soit pendant mon absence…

— Je n'aurai besoin de rien.

— Pour le bébé, jugea-t-il utile de préciser, sans se rendre compte du poids de ces mots.

Mortifiée, Libby prit une profonde inspiration avant de déclarer :

— Le bébé se porte bien, moi aussi… tu peux partir à Rome.

Sur ces mots, il quitta la chambre, la laissant seule avec son désespoir.

Raul accéléra l'allure en passant devant le Colisée, sans remarquer les reflets du soleil sur la structure antique ni la beauté des pierres aux premières lueurs de l'aube.

Il avançait, tête baissée, se faufilant parmi les promeneurs, indifférent à tout ce qui l'entourait. Il courait à perdre haleine, les poumons en feu, pour chasser de son esprit l'image de Libby.

Et plus précisément le regard qu'elle lui avait lancé en apprenant son départ pour Rome.

Il n'aurait pas imaginé pire réaction…

Il l'avait surprise et blessée profondément.

Et il s'en voulait terriblement. Non pas d'avoir entrepris ce voyage d'affaires seul, mais d'avoir outrepassé les limites établies dans le cadre de leur relation. La frontière qui les séparait était devenue floue et cela ne lui convenait pas du tout. Libby lui avait fait oublier temporairement qui il était et la manière dont il vivait. L'enfant qu'elle portait et dont il était le père compliquait bien évidemment la situation.

En essayant d'établir un lien avec elle, il l'avait induite en erreur, lui avait menti par inadvertance. Il avait laissé son désir pour elle obscurcir son jugement, et maintenant il se trouvait dans la position délicate de devoir gérer les émotions d'une personne probablement éprise de lui.

Ne voyait-elle pas à quel point elle se trompait ? Qu'il était terriblement dangereux de laisser un homme tel que lui entrer dans sa vie ? Pas sur le plan physique, mais sur le plan émotionnel, car Raul était la dernière personne au monde capable de donner à Libby ce qu'elle désirait.

Il fallait à tout prix qu'elle le comprenne. Hors de question désormais de laisser les choses déraper. Raul avait beau être marié, il fallait que sa femme accepte la situation : tous deux n'entretiendraient jamais de vraie relation.

11

Libby se trouvait sur la deuxième marche de l'échelle quand elle entendit la porte d'entrée s'ouvrir. Surprise, elle faillit tomber et renverser le pot de peinture disposé sur une bâche à ses pieds.

Son cœur battait la chamade.

Cinq nuits. Raul s'était absenté une semaine entière sans prendre une seule fois contact avec elle.

La colère brûlait dans ses veines, une rage probablement irrationnelle, voire injuste, mais dont elle ne parvenait pas à se débarrasser. Serrant les dents, elle plongea son pinceau dans la peinture et se remit à l'ouvrage. Si Raul espérait qu'elle se précipiterait à sa rencontre pour l'accueillir, il se leurrait.

Ses doigts tremblaient un peu tandis qu'elle guettait les pas de Raul dans l'appartement. Quand, quelques minutes plus tard, la porte de la chambre s'ouvrit sur lui, elle l'entendit pester furieusement dans sa langue avant de se précipiter vers l'endroit où elle se tenait.

— Qu'est-ce que tu fabriques, bon sang ? rugit-il.

Libby se retourna si brutalement qu'elle faillit tomber à nouveau. Elle lança un regard incendiaire à l'attention de Raul, comme s'il était responsable de sa maladresse.

— À ton avis ? marmonna-t-elle en se détournant, agacée par l'effet que son mari produisait sur elle chaque fois qu'elle le retrouvait.

— À mon avis, lâcha-t-il avec une pointe de dérision dans la voix, on dirait que tu as envie de mourir. J'aurais dû m'en douter lors de notre première rencontre sur le bateau...

Peu encline à partager ce trait d'humour, Libby serra les doigts sur le pinceau.

— Au cas où tu l'aurais oublié, dit-elle d'un ton rageur, nous aurons un bébé d'ici quelques mois. Nous avons besoin d'une chambre pour lui.

— Comment pourrais-je l'oublier, Libby ? Ce bébé est la raison même de notre mariage.

Libby ferma un instant les yeux et prit une profonde inspiration pour chasser la peine que lui infligeaient les paroles de Raul.

— Nous disposons de plusieurs endroits où nous pourrions installer le bébé, ajouta-t-il d'une voix grave en se rapprochant de l'échelle. Par ailleurs, est-il bien raisonnable de respirer ces substances ?

La question ne manqua pas de la blesser. Raul la jugeait-il incapable de veiller à la santé de leur bébé ?

— Cette peinture n'est pas toxique, répliqua-t-elle sèchement, et je n'ai pas envie de mourir. Je me sens parfaitement en sécurité sur cette échelle. Et, même si ton appartement dispose de plusieurs chambres, aucune d'entre elles n'est prête à accueillir un bébé.

Le silence s'installa entre eux. La colère de Libby commençait à laisser place à une tristesse amère contre laquelle elle se sentait incapable de lutter. Pourtant, il fallait à tout prix qu'elle évite de se morfondre sur son sort.

— Dans ce cas, recrute un décorateur d'intérieur !

— Pourquoi ? J'aime faire ce genre de choses.

Elle avait secrètement espéré que Raul la félicite sur le travail déjà accompli, mais il ne l'avait pas fait, se contentant de critiquer son initiative.

— Parce que nous avons les moyens de nous payer un

professionnel de la décoration. Parce que tu pourrais lui demander tout ce que tu souhaites, sans risquer de te briser le cou…

— Bon sang, Raul, je ne vais pas me briser le cou. Je suis perchée sur une échelle, pas en haut d'un échafaudage.

— Alors laisse-moi prendre ta place.

— Pas question.

Elle se comportait de manière têtue et insolente, mais n'en avait cure, tant les émotions bouillonnaient en elle.

— Tu agis vraiment comme une enfant, lança Raul en agrippant les barreaux de l'échelle, sans doute pour assurer sa stabilité.

— Très bien, je descends, finit-elle par dire dans un soupir.

Quand elle eut atteint le dernier barreau de l'échelle, elle s'écarta vivement de Raul.

— As-tu terminé ?

Elle leva les yeux au ciel.

— Est-ce que ça en a l'air ?

— Que reste-t-il à faire ?

— Comme tu peux le constater, le pochoir sur le mur représente un lever de soleil, mais l'astre n'a pas encore été peint. Si tu quittais cette pièce, cela m'aiderait, car je pourrais circuler plus aisément.

— Pas question. Je vais te remplacer…

— Cette activité me plaît ! s'exclama Libby.

— Ce n'est pas très prudent pour le bébé.

Libby se détourna vivement. Des larmes perlaient à ses paupières. Raul ne se souciait pas d'elle, seulement du bébé. Et, pire que tout, il la jugeait inconsciente, comme l'avait été sa propre mère. Blessée, elle n'avait plus qu'une hâte, chasser Raul de sa vue, quitte à capituler.

— D'accord, tu n'as qu'à terminer à ma place. Je vais aller me préparer une tasse de thé.

Sur ces mots, elle déposa son pinceau et son chiffon au sol et quitta la pièce sans un regard en arrière.

— C'est fini ! annonça Raul dix minutes plus tard quand il la rejoignit au salon, où, confortablement installée sur le sofa, elle dégustait une tasse de thé.

Un peu rasséréné, elle lui jeta un bref regard puis hocha la tête.

— J'aimerais que tu me promettes de ne plus monter sur une échelle.

Libby fronça les sourcils.

— Je ne suis pas complètement inconsciente, Raul. Et, que tu le croies ou non, je tiens tout autant que toi à notre bébé. Le fait que j'aie accepté le marché que tu m'as proposé en atteste.

— Alors prouve-le. Ne fais rien de dangereux quand tu es seule dans l'appartement.

— Monter sur une échelle n'a rien...

Il lui intima le silence d'un geste de la main.

— Et si tu étais tombée ?

— Ce n'est pas arrivé.

— La possibilité existe.

— Dans ce cas, j'aurais appelé à l'aide.

— Qui aurais-tu appelé ? Au cas où tu ne l'aurais pas remarqué, cet appartement est plutôt isolé.

Elle roula des prunelles.

— Mon téléphone se trouve dans ma poche arrière.

— Et si tu t'étais évanouie ?

— Toutes ces suppositions ne riment à rien. J'aurais tout aussi bien pu glisser en sortant de la douche ce matin, ou me fouler la cheville en faisant le lit...

— Exact, déclara Raul en croisant les bras sur sa poitrine. Tu ne devrais pas rester seule.

Surprise, Libby écarquilla les yeux.

— Ce n'est pas ce que je voulais dire.

— Il n'empêche qu'en effet tout peut arriver. Jusqu'à la naissance du bébé, je travaillerai à la maison.

Libby eut l'impression de se liquéfier.

— Non ! s'écria-t-elle. C'est ridicule !

— Aussi ridicule que d'essayer de protéger un grand gaillard comme moi, armée d'un presse-papiers ?

Ce rappel des circonstances dans lesquelles ils s'étaient rencontrés pour la toute première fois lui fit battre le cœur.

— Je ne suis pas là tout le temps, Raul, dit-elle en s'efforçant de maîtriser le tremblement de sa voix. Je sors beaucoup. Comptes-tu me suivre à la trace pour éviter que je me fasse renverser par un autobus ou agresser dans une ruelle ?

— S'il le faut, oui.

Consternée, elle lui lança un regard noir.

— Je plaisantais.

— Pas moi.

— Mais...

— Tu es ma femme, répliqua Raul en insistant sur chaque mot. Et la mère de mon futur enfant. Votre sécurité compte énormément à mes yeux.

Une fois de plus, Libby détourna le regard. Elle détestait ce que sous-entendaient les propos de Raul et le peu de confiance qu'il lui témoignait.

— La sécurité de notre bébé compte également beaucoup à mes yeux, murmura-t-elle d'un ton las. Je ne prends jamais le moindre risque. Je me promène en plein jour dans des endroits fréquentés par beaucoup de monde. Jamais je ne me sens en insécurité.

— Néanmoins, à partir de maintenant, soit je t'accompagnerai, soit je te procurerai une escorte, dit-il d'un ton sans réplique.

Elle le toisa sans aménité.

— Je suis une femme de vingt-six ans, Raul, pas une gamine. Je m'occupe de moi depuis toujours. Hors de question que tu t'immisces dans ma vie en permanence ou que tu me prives de mon autonomie. Jamais je ne renoncerai à mon indépendance, tiens-toi-le pour dit.

— Il n'est pas question de cela, rétorqua Raul d'un ton impatient. Je veux juste veiller à ta sécurité.

— Ce n'est pas comme cela que je perçois ton attitude.

— Tu te méprends sur mes intentions.

— Pas du tout ! s'exclama-t-elle en secouant la tête d'un air incrédule. Tu es vraiment insupportable.

— Pourtant, il faudra bien que tu me supportes. Et ce, durant une vie entière.

Libby planta ses ongles dans ses paumes.

Une vie entière.

Tous deux savaient que leur union ne durerait pas aussi longtemps.

— Aurais-tu des regrets ? demanda-t-elle soudain en scrutant les traits sévères de son mari.

— Des regrets ? Oui, plein, fit-il dans un soupir. Mais cela ne change rien à la situation qui nous occupe. Nous sommes mariés et, dans quelques mois, tu donneras naissance à un bébé dont je suis le père. Durant le reste de ta grossesse, tu dois garder à l'esprit que la moindre de tes décisions aura un impact sur trois personnes, pas seulement sur l'une d'entre elles, toi, en l'occurrence.

— Inutile de me le rappeler, Raul, répondit Libby, le cœur lourd. Il ne se passe pas une minute sans que je songe à la future naissance de notre bébé et à ses implications. Ta vie n'a pas changé, alors que la mienne a basculé lorsque tu as appris cette grossesse.

Raul plissa les yeux.

— C'est exact. Mais, à partir de maintenant, la mienne aussi va changer. Je resterai le plus possible auprès de toi. Si tu souhaites repeindre un mur ou déplacer des meubles, je le ferai pour toi. Il suffira de me le demander. Pas question, à partir d'aujourd'hui, que tu prennes le moindre risque.

Libby laissa échapper un petit rire nerveux.

— Toute chose comporte un risque…

— Cesse de me contredire. Tu sais très bien que certaines actions sont plus risquées que d'autres, comme grimper sur une échelle.

Libby ouvrit la bouche pour riposter, puis y renonça. Raul avait raison. Monter sur une échelle alors qu'elle se trouvait seule dans l'appartement comportait un risque, en effet, mais elle avait pris soin de ne pas agir dans la précipitation.

— Très bien, finit-elle par dire d'un ton crispé. C'est ta vie, gère-la comme bon te semble. Sache toutefois que je n'ai absolument pas besoin de ta présence à mes côtés. Je suis tout à fait capable d'aller au terme de cette grossesse sans ton aide.

Sur ces mots, elle se leva prestement du canapé et quitta la pièce.

Une semaine plus tard, Libby se sentait au bord de l'explosion. Elle vivait la présence de Raul auprès d'elle comme une torture. Il était partout. Il travaillait du matin au soir, mais prenait constamment de ses nouvelles. Si elle envisageait une promenade, il l'accompagnait. Elle avait pris l'habitude de marcher devant lui et de faire de son mieux pour oublier sa présence, ou au moins d'essayer, sans toutefois y parvenir.

Au bout de huit jours qui lui parurent durer une éternité, Libby eut la surprise de découvrir un matin que Raul recevait une visite. Il s'agissait d'une jeune femme munie d'une mallette en cuir.

Décontenancée, elle se figea sur le seuil du salon.

— Libby, dit Raul quand il s'aperçut de sa présence, voici Matilda Roletti, décoratrice. J'ai fait appel à ses services pour la chambre du bébé. Demande-lui ce que tu voudras et elle s'occupera de tout.

— Oh…

Elle était incapable de dire un mot. Son regard passait de Raul à Matilda.

— Je vous ai apporté des catalogues, déclara la nouvelle

venue avec un sourire. Mais peut-être pourriez-vous d'abord me montrer la chambre ?

Matilda, très élégamment vêtue, s'exprimait d'un ton professionnel et Libby se sentit soudain à son désavantage devant cette gravure de mode. Comme elle ne s'attendait à aucune visite, elle avait accordé peu de soin à sa tenue et portait les seuls vêtements qui lui allaient encore : un pantalon de yoga extensible, surmonté d'un T-shirt ample. Elle n'avait pas pris la peine de se maquiller ni de se coiffer. Ses cheveux ébouriffés tombaient souplement sur ses épaules.

— La chambre est par là, indiqua-t-elle à la décoratrice. Pourquoi ne pas y jeter un coup d'œil pendant que je m'entretiens un court instant avec... mon mari ?

La jeune femme hocha la tête, puis se dirigea d'un pas décidé vers la chambre. Son élégance cadrait merveilleusement dans le décor, songea Libby avec amertume. Ce genre de femme, contrairement à elle – ex-femme de ménage –, se sentirait parfaitement à son aise dans cet appartement luxueux.

Chassant cette pensée inopportune, elle se tourna vers Raul.

— Qu'est-ce qui te prend ? siffla-t-elle entre ses dents serrées, mais sans élever la voix pour ne pas être entendue par leur visiteuse. Je n'ai pas besoin d'une décoratrice.

— Tu as dit que tu voulais aménager la chambre d'enfant.

— Non, j'ai dit que je voulais m'en charger.

— Eh bien, demande ce que tu souhaites et Matilda...

— Ce n'est pas ce que je voulais dire, déclara Libby, agacée. Bon sang, Raul, tu es incroyable.

— Qu'ai-je fait de mal ? J'essaye d'apporter mon aide.

— Non, tu t'interposes et cherches à prendre le contrôle en toutes circonstances.

Ces mots, lourds d'accusations et de reproches, avaient claqué dans l'espace qui les séparait, poussant Raul à tourner les talons d'un air offusqué. Visiblement, il ne s'attendait pas à recevoir une telle attaque.

— J'espère que lorsque le bébé naîtra tu comprendras qu'il voudra passer du temps avec toi et non vivre dans ton palais et profiter de ton immense richesse, ajouta-t-elle.

Raul, devenu blême, fit volte-face.

— Tu crois que je ne le sais pas ? Que je ne l'ai pas compris lorsque tu m'as annoncé ta grossesse ? Si j'avais voulu me débarrasser du problème, je me serais contenté de mettre en place un fonds fiduciaire avant de disparaître du paysage.

Libby détourna les yeux.

— Je ferai partie de la vie de ce bébé, ajouta Raul avec fougue.

C'est la raison pour laquelle je t'ai épousée.

Raul n'avait pas besoin de prononcer ces mots ; le refrain demeurait gravé dans l'esprit de Libby.

— N'ai-je pas passé du temps avec toi ? lâcha-t-il sans se rendre compte qu'il ravivait la colère de sa femme.

— Tu ne passes pas du temps avec moi, tu me fais de l'ombre !

Raul posa les poings sur ses hanches et secoua la tête.

— Je ne sais vraiment pas ce que tu attends de moi.

Furieuse et frustrée, Libby se détourna. Elle non plus ne savait pas ce qu'elle attendait de son mari. C'était bien là une partie du problème. Mais, à ses yeux, Raul ne faisait qu'aggraver la situation.

— Je ne veux pas de décoratrice, laissa-t-elle tomber, faute de mieux.

Un long silence les opposa jusqu'à ce que Raul intervienne.

— Tu ne veux même pas discuter avec Matilda ? Entendre ses idées ?

— J'ai mes propres idées, répliqua Libby à voix basse. J'ai longuement réfléchi à ce que je souhaite pour la chambre de notre bébé.

Elle balaya d'un geste la pièce au décor impersonnel et froid dans laquelle ils se trouvaient et reprit :

— Va donc écouter les idées de cette décoratrice. Je suis sûre que vous avez les mêmes goûts et que vous formeriez un couple parfait.

Il ne fallut que quelques minutes à Raul pour congédier Matilda et lui proposer une compensation financière pour ce déplacement inutile. Après quoi il s'enferma dans son bureau.

Frustré à l'extrême, il ne cessait de penser à Libby et à la dispute qui les avait opposés. Une dispute avortée, non arrivée à son terme, qui laisserait des traces si tous deux n'en venaient pas à bout. Plus déterminé que jamais, Raul quitta le bureau pour partir à la recherche de Libby.

Il la trouva dans la future chambre du bébé, appuyée sur un mur, le regard tourné vers l'extérieur.

Immobile sur le seuil de la pièce, il l'observa longuement. Ses cheveux blonds formaient un halo autour de son visage d'ange ; ses yeux brillaient comme des pierres précieuses.

— Je suis désolée, dit-elle d'un ton très bas.

Puis, se tournant vers lui, elle planta son regard dans le sien.

— J'ai réagi de manière excessive.

Raul se rapprocha en silence de l'endroit où elle se tenait. Il ne la quittait pas des yeux, dans l'attente des explications qui n'allaient pas tarder à lui être fournies.

— Petite, je ne disposais que d'un matelas dans la chambre que j'occupais, dit-elle avec un sourire triste. Je sais que ni toi ni moi n'avions prévu ce qui nous arrive. Mais moi, j'y ai pensé toute ma vie. Petite fille, j'imaginais à quoi ma maison ressemblerait plus tard, si j'avais voix au chapitre. Adolescente, je rêvais d'un avenir radieux, d'une famille unie... Et, quand je suis tombée enceinte, j'ai longuement réfléchi à ce que je voulais apporter à mon enfant. De la chaleur, de la sécurité et beaucoup d'amour.

La poitrine de Raul se serra.

Il se sentait capable d'offrir le monde à son futur enfant, mais pas l'amour dont Libby parlait. Cette capacité, il l'avait perdue depuis longtemps et ne souhaitait pas la ressusciter.

Heureusement, Libby serait là pour pallier ce manque. Quant à lui, il apporterait tout le reste.

— J'essayais d'aider à ma manière, marmonna Raul.

— Oui, je l'ai compris et t'en suis reconnaissante. Mais je veux m'occuper moi-même de la chambre de notre enfant. C'est important pour moi et j'aime ce genre de travail.

Raul observa le décor autour de lui avec un intérêt renouvelé. Sur un mur, Libby avait peint un chapiteau de cirque surmonté d'un drapeau. Un clown joyeux tenait un arc-en-ciel entre ses mains. Le mur d'en face évoquait le ciel, avec ses nuages et un soleil radieux.

— Tu as beaucoup de talent, dit Raul en reportant son attention sur Libby.

Elle laissa échapper un petit rire.

— Tu as l'air surpris.

Il ébaucha un geste d'excuse de la main avant de sourire à son tour.

— Je sais précisément ce que je veux faire dans cette chambre, Raul, déclara Libby. J'attendais toutefois ton retour pour…

Gênée, elle s'interrompit un court instant avant de reprendre :

— J'ai pensé que tu aimerais être impliqué dans le choix du mobilier. Mais rien ne t'y oblige, je peux me débrouiller toute seule.

Excellente idée, songea Raul. Mieux valait qu'elle s'occupe seule de l'aménagement de la chambre. Moins ils passeraient de temps ensemble, moins ils seraient tentés de franchir les limites établies dans le cadre de leur relation.

Raul hocha la tête en signe d'assentiment.

— J'ai hâte de voir ce que tu choisiras. J'imagine que tu peux commander les divers articles en ligne ?

Il s'efforça d'ignorer le regard blessé qu'elle lui adressa.

— D'accord… La plupart des meubles seront livrés la semaine prochaine.

12

Certains des articles choisis par Libby, de conception européenne, mirent environ un mois à leur être livrés. Elle attendit d'avoir reçu l'intégralité de ses commandes avant de les déballer. Activité qui s'avéra plus difficile que prévu en raison de son état. Son ventre arrondi commençait à la gêner et elle peinait à s'accroupir devant les cartons, à en extraire le contenu et à procéder à l'assemblage des pièces.

La routine qui s'était instaurée entre Raul et elle leur convenait à tous deux. Chacun vaquant à ses occupations, ils parvenaient ainsi à s'ignorer l'un l'autre... tout au moins en apparence.

Pour Libby, ce mode de fonctionnement s'apparentait à une sorte de torture. Elle ne pouvait ignorer la présence de Raul dans son environnement. Il était partout. Pas seulement dans l'appartement, mais aussi dans ses pensées, ses rêves. D'où ce sentiment de frustration qui ne la quittait pas lorsqu'elle constatait qu'ils se traitaient l'un l'autre comme de parfaits étrangers.

Même lorsqu'il l'accompagnait à des rendez-vous médicaux, il se comportait davantage comme un chaperon que comme un père en devenir. Si bien que des doutes avaient commencé à se former dans son esprit. De l'inquiétude aussi.

Regrettait-il de l'avoir épousée ? D'avoir décidé de faire partie de la vie de leur enfant ?

Tout s'était enchaîné à une vitesse fulgurante, laissant peu de place aux regrets. Mais, depuis qu'ils partageaient l'appartement, de l'eau avait coulé sous les ponts… Peut-être Raul commençait-il à voir l'avenir différemment.

Elle avait souvent surpris le regard indéchiffrable qu'il portait sur elle ou sur ses formes qui s'arrondissaient depuis qu'elle avait troqué ses tenues habituelles contre des vêtements de grossesse…

Alors que, dans un état second, elle manipulait une clé, sa main glissa et l'outil lui échappa. En tombant, il heurta violemment sa cheville et elle ne put étouffer un cri de douleur.

— Bon sang, gémit-elle en frottant sa cheville endolorie.

Son cri avait attiré l'attention de Raul, qui se tenait à présent sur le seuil de la chambre.

Son regard ahuri parcourait la pièce, dans laquelle régnait un désordre indescriptible.

— Que se passe-t-il ici ?

Libby affronta son regard.

— À ton avis ?

Se rendant compte qu'elle se frottait la cheville, Raul traversa la pièce pour venir à sa rescousse. Quand il s'accroupit devant elle, un frisson la parcourut. Un désir fou s'insinua dans ses veines. C'était la première fois depuis longtemps qu'il se tenait tout près d'elle, ravivant en elle un feu intense.

— On dirait qu'une bombe a explosé dans cette pièce, finit-il par répondre.

Comme il tendait la main vers sa cheville sans oser la toucher, il demanda :

— Je peux ?

Préférant éviter tout contact, Libby s'écarta légèrement avant de se relever.

— Ça va, ça va, merci.

Comme l'avait fait Raul, elle jeta un regard autour d'elle et comprit aussitôt sa réaction devant le chantier qui l'occupait depuis plusieurs jours.

— Libby, demanda Raul en se relevant à son tour, pourquoi ne pas avoir demandé que ces meubles te soient livrés montés ?

La proximité de Raul la rendait fébrile et elle sentit ses joues s'enflammer.

— C'était plus cher, marmonna-t-elle.

Raul se contenta d'un froncement de sourcils pour marquer sa désapprobation. Libby se sentait ridicule. Son mari figurait parmi les personnes les plus riches du monde et le coût supplémentaire occasionné par le montage des meubles ne l'aurait pas contrarié le moins du monde.

— J'avais besoin de m'occuper, ajouta Libby en guise d'excuse. Je pensais que l'assemblage ne me poserait pas de difficultés. Je n'avais jamais acheté de mobilier neuf jusqu'ici...

— Pourquoi ne pas m'avoir demandé de l'aide ?

Libby lui jeta un regard noir.

— C'est à peine si nous nous parlons. Je ne voulais pas te déranger.

Une expression étrange traversa le regard de Raul.

— Garder nos distances me paraît judicieux... mais sache que tu peux compter sur moi en cas de besoin. Tu es ma femme.

Elle ébaucha une petite grimace.

— Euh... oui.

— Que me vaut cette réponse ?

— Je suis ta femme uniquement sur le papier, Raul, nous le savons l'un comme l'autre.

— Je te rappelle que nous sommes mariés, même s'il s'agit d'un mariage de circonstance.

Libby baissa les yeux, blessée à nouveau par ce rappel douloureux. Leur mariage ne ressemblait en rien à ce qu'elle avait imaginé, mais elle avait consenti à unir sa vie à celle de Raul pour le bien de leur enfant.

— Passe-moi la clé, dit Raul en tendant la main.

— Tu n'as pas besoin de faire cela...

— Si. Et en plus j'en ai envie.

Elle laissa échapper un soupir, puis tendit l'outil à son mari.

Pendant plus d'une heure, Libby observa Raul tandis qu'il s'occupait de l'assemblage du berceau. Ses gestes sûrs, précis, forçaient son admiration, elle ne pouvait le nier. Quand il eut terminé, il se tourna vers elle.

— Alors, qu'en penses-tu ?

— C'est parfait, murmura-t-elle, soudain prise d'une émotion incontrôlable.

Le bébé qu'elle portait avait choisi ce moment pour bouger dans son ventre d'une manière différente des autres fois où cela s'était produit. Comme elle était au bord des larmes, Raul demanda d'un ton inquiet :

— Que se passe-t-il ?

Bouleversée par la magie du moment, Libby saisit la main de son mari pour la poser sur son ventre.

Ce fut au tour de Raul de marquer sa surprise.

— Seigneur… c'est notre bébé, murmura-t-il avec une émotion non feinte en plantant son regard dans celui de sa femme.

Libby ferma les yeux. Un tourbillon d'émotions la traversa, lui rappelant la force de l'attraction qui les avait poussés dans les bras l'un de l'autre lors de leur toute première rencontre, sur le bateau.

Un instinct primal la saisit. Elle leva la tête et posa ses lèvres sur celles de Raul. Un long baiser les réunit.

Plus rien n'existait à part la magie de l'instant, l'intensité de leur étreinte.

Libby voguait sur les vagues d'un désir inouï. Une chaleur incandescente se propageait dans tout son corps.

— Seigneur… si tu savais comme j'ai besoin de toi, souffla-t-elle contre ses lèvres brûlantes.

Comme s'il avait attendu ce signal, Raul la serra très fort contre lui avant de l'embrasser à nouveau avec fougue. Leurs corps, arrimés l'un à l'autre, brûlaient d'une même fièvre.

Loin, très loin, dans l'esprit de Libby retentissait une alarme, mais elle la chassa de sa conscience. Après plus d'un mois de cohabitation sans rien partager avec l'homme envoûtant qu'elle avait épousé, elle retrouvait l'amant extraordinaire qui avait su éveiller ses sens au plaisir.

Mais la magie cessa brutalement d'agir. Alors qu'elle n'avait plus qu'une hâte, s'offrir à lui, elle sentit qu'il s'écartait d'elle et laissait tomber ses bras le long du corps.

— Cela n'aurait pas dû se produire, dit-il d'un ton étouffé.

Comme Libby semblait pétrifiée, il ajouta en guise d'explication :

— Je n'étais pas préparé à cela… à sentir le bébé bouger.

Il recula d'un pas avant de reprendre :

— Je finirai le montage des meubles ce soir, quand tu seras couchée, je te le promets.

Sur ces mots, il tourna les talons et quitta la chambre sans un regard en arrière.

Longtemps, Libby demeura immobile devant la porte qui s'était refermée sur Raul. Une vague de désespoir la submergeait.

Parmi les émotions qui la traversaient, l'une d'entre elles lui fit l'effet d'un couteau en plein cœur. Malgré l'attitude de son mari, malgré son rejet, elle ne pouvait plus nier l'évidence : elle l'aimait passionnément…

Raul s'échinait sur le tapis de course de sa salle de sport pour chasser Libby de son esprit, sans y parvenir, hélas. Il avait choisi de s'entraîner chez lui plutôt qu'à l'extérieur pour demeurer disponible en cas de besoin.

Mais pas pour le genre de besoin qu'elle avait exprimé…

Comme il peinait à se remettre de leurs étreintes, de leurs baisers passionnés, il accéléra la cadence pour transpirer, souffrir et exorciser ainsi les pensées qui tournaient en boucle dans son esprit.

Hélas, des images du passé ne cessaient de surgir – des souvenirs qu'il s'était efforcé d'oublier, mais qui revenaient aux moments les plus improbables, sans doute pour lui rappeler les raisons qui faisaient de lui l'homme qu'il était devenu.

Il n'avait connu que le rejet. De nombreuses blessures lui avaient été infligées, aussi bien physiques que mentales. On lui répétait sans cesse qu'il ne valait rien, qu'il n'arriverait jamais à rien ou que personne ne voudrait de lui. Cette dernière prophétie était celle à laquelle il avait le plus cru.

Serrant les dents, il ferma les yeux, atterré par les souvenirs qui le hantaient et dont il ne se débarrasserait jamais. Heureusement, il avait appris de ces tourments en devenant indépendant au plus jeune âge. À treize ans, il avait compris que plus personne n'aurait le pouvoir de l'atteindre parce qu'il en avait décidé ainsi.

Seuls Maria et Pedro étaient parvenus à l'approcher. Raul avait tout mis en œuvre pour les rendre fiers de lui, sans toutefois les autoriser à manifester des gestes d'affection.

« J'ai besoin de toi »...

Il ne voulait pas qu'on ait besoin de lui et jamais il ne faiblirait à cet égard. Sa personnalité s'était forgée dans l'acier, le rejet, la douleur, dans des blessures qui l'avaient profondément marqué et qu'il refusait de connaître à nouveau. Grâce à la force qu'il avait acquise, tant sur le plan physique que sur le plan mental, il se sentait armé, désormais.

Libby, pas plus que n'importe qui d'autre, ne parviendrait jamais à l'atteindre. Fort de cette résolution, il poursuivit son entraînement dans un état d'esprit apaisé.

Libby, réveillée de très bonne heure, s'habilla en silence avant de se glisser discrètement hors de sa chambre dans l'espoir d'échapper à la vigilance de Raul. Une fois dans l'entrée, elle chaussa ses bottes.

Elle vivait dans son ombre depuis trop longtemps. Elle avait accepté la situation jusque-là, mais la veille, dans la chambre de leur futur enfant, quelque chose en elle s'était brisé. Subir une fois de plus le rejet de Raul alors qu'ils avaient partagé une étreinte des plus torrides l'avait bouleversée.

Inutile de se leurrer : Raul n'était pas simplement le père de son bébé, même s'il l'avait épousée uniquement parce qu'elle était enceinte. Mais elle ne pouvait se résoudre à incarner un rôle aussi mineur. Elle désirait bien plus qu'un simple mariage de convenance, bien plus qu'un partenariat dans le cadre d'un marché. Elle ne voulait pas être l'amie sur qui on pouvait compter.

Au fond d'elle-même résidait encore la petite fille qui croyait aux contes de fées, à l'amour éternel…

Soudain, une idée fusa dans son esprit. Peut-être le destin était-il à l'origine de leur rencontre… La rencontre de deux personnes réunies par une enfance brisée, ayant connu la perte, le rejet et la peur dès leur plus jeune âge, et qui s'étaient battues pour trouver leurs marques une fois devenues adultes. Deux personnes déterminées à offrir le meilleur à leur enfant.

Deux personnes si semblables qu'elles détenaient peut-être en elles le pouvoir de se guérir l'une l'autre ? Cela ne valait-il pas la peine de s'ouvrir à cette possibilité ?

Le souffle court, elle pressa le bouton d'appel de l'ascenseur en priant pour que Raul ne l'empêche pas de partir. Elle n'était pas prête à l'affronter. Elle avait besoin d'espace pour réfléchir. Pour comprendre les émotions qui la traversaient.

Quand les portes de l'ascenseur s'ouvrirent, elle pénétra dans la cabine et poussa un long soupir de soulagement.

Sur l'avenue, en bas de l'immeuble, elle s'offrit un café nappé de caramel, le seul qu'elle s'autorisait chaque jour en raison de sa grossesse.

La journée s'annonçait radieuse malgré le froid. Libby avait hâte qu'éclose le printemps pour pouvoir retourner à Central Park et assister à la renaissance de la nature. L'hiver avait offert un spectacle saisissant avec une neige tombée à profusion et des arbres pointant leurs doigts effilés vers un ciel plombé.

Lors de ses promenades, Libby aimait errer sans but et sans destination précise. Cela lui éclaircissait les idées, et souvent elle parvenait à se sortir de certaines impasses.

Ce jour-là, à mesure qu'elle avançait, le passé remontait à la surface. Comme cette scène sur le bateau, lorsque Raul avait proposé un dîner après leurs folles étreintes. Un signal d'alarme avait retenti en elle, lui intimant de refuser cette offre, parce qu'elle représentait un réel danger. Celui de tomber amoureuse de cet homme envoûtant. L'éloignement lui avait permis de remiser ce souvenir au fond de sa conscience. Puis elle avait découvert sa grossesse, réveillant en elle le désir fou de retrouver Raul. Non pas seulement pour lui annoncer la nouvelle, mais aussi dans l'espoir de ranimer la flamme qui les avait consumés lors de leur première rencontre. Il lui paraissait clair aujourd'hui que l'espoir de former une famille avec lui ne l'avait jamais quittée.

Soudain, une pensée troublante s'insinua dans son esprit.

Se pouvait-il que, guidés par la peur de l'échec, Raul et elle aient inconsciemment refusé d'admettre qu'ils étaient faits l'un pour l'autre ?

Libby marqua un temps d'arrêt, les yeux rivés sur l'horizon. Même s'il était encore très tôt ce matin-là, il y avait déjà foule sur les trottoirs, mais c'était à peine si Libby le remarquait.

Soudain, sa respiration se bloqua dans sa gorge tandis qu'une illumination la saisissait.

Oui, elle avait vu juste, cela ne faisait aucun doute. Raul avait peur. Il utilisait les termes de leur arrangement en guise d'armure. Et, chaque fois que celle-ci menaçait de fondre, il reculait et mettait un point d'honneur à rappeler les termes de leur contrat. Tout simplement parce qu'il refusait d'admettre les sentiments qu'il nourrissait pour elle.

D'une démarche décidée et pressée de regagner l'appartement, Libby reprit le chemin qu'elle avait emprunté en sens inverse. Un petit sourire flottait sur ses lèvres malgré la nervosité qu'elle sentait croître en elle à mesure qu'elle approchait de sa destination.

Sa décision était prise et elle devait aller de l'avant.

Son cœur lui dicterait sa conduite, désormais.

— Rentrons à la maison, mon bébé, murmura-t-elle. Allons dire à ton père à quel point nous l'aimons et voyons si ce sentiment est réciproque.

Arrivée devant l'immeuble, elle sourit au portier et gagna l'ascenseur.

13

Raul se trouvait dans la cuisine lorsque Libby regagna l'appartement. Une tasse de café dans une main et une tablette dans l'autre, il semblait concentré sur sa lecture.

— Tu es sortie ? demanda-t-il quand il s'aperçut de sa présence.

Elle prit le temps de retirer ses bottes et sa veste avant de répondre.

— Je suis allée me promener.

— Tu aurais dû me prévenir, je t'aurais accompagnée.

Libby le contempla longuement, interdite. Elle craignait de perdre ses moyens et de ne pas réussir à engager la conversation, qui, pour elle, revêtait une importance vitale.

Soudain fébrile, elle se mordit la lèvre inférieure. Valait-il mieux renoncer ? Attendre une meilleure occasion ? Non, puisque le destin les avait réunis, elle devait s'armer de courage et affronter la situation.

— J'avais besoin de réfléchir, dit-elle avec honnêteté tout en gagnant le comptoir de la cuisine.

Elle avait l'impression de contempler pour la première fois le décor qui l'entourait. L'appartement, bien que meublé de manière impersonnelle, était magnifique. Aujourd'hui, elle s'y sentait à son aise, comme si elle appartenait à cet environnement. Cette pensée amena un sourire sur ses lèvres, ce que ne manqua pas de remarquer Raul.

— Tu as l'air heureuse, dit-il d'un ton étonné.

— Vraiment ? Eh bien, je pense l'être, en effet. Peut-être grâce à toi, je ne sais pas…

Elle secoua la tête, comme pour effacer les propos qu'elle venait d'émettre.

Voyant que Raul plissait les yeux d'un air perplexe, elle ajouta :

— À propos d'hier…

— C'était une erreur, lança-t-il. Je te présente mes excuses.

— Et si ça n'en était pas une ?

Bien qu'indéchiffrable, l'expression inscrite sur les traits de Raul n'augurait rien de bon.

— Non, déclara-t-il sèchement.

— Pourquoi ?

— Notre situation est assez compliquée comme ça. Inutile d'inclure le sexe dans cette équation.

— Le sexe en fait partie. Prétendre le contraire serait malhonnête.

— Nous pouvons nous contrôler.

— Apparemment, non.

— À partir de maintenant.

— Pourquoi ?

Il lui jeta un regard noir en guise de réponse.

— Pourquoi contrôler ce que nous ressentons ? demanda-t-elle. Pourquoi ne pas rendre les armes et accepter ce que notre relation peut nous apporter ? Je suis sûre que nous y gagnerions énormément.

— C'était une erreur, répéta-t-il en secouant la tête.

— Juste un baiser.

— Je ne parle pas d'hier, mais de ceci, expliqua-t-il en pointant du doigt le ventre rebondi de Libby. Le bateau, le sexe, la grossesse. Rien de tout cela n'aurait dû se produire.

Libby tenta d'ignorer la blessure que ces mots lui infligeaient, la ramenant à l'enfance, à l'époque où elle ne connaissait que le rejet.

— C'est arrivé, Raul, parce que ni toi ni moi n'avons su résister à la tentation.

— Nous venions de traverser une épreuve. L'adrénaline est un puissant facteur de motivation.

— L'adrénaline n'explique pas tout. Je ressentais l'urgence de laisser libre cours à la pulsion qui m'animait, comme si ma vie en dépendait. Après coup, j'ai été saisie d'effroi... raison pour laquelle j'ai refusé de dîner avec toi.

Elle posa une main sur son bras.

— Tu te rappelles cette invitation ? demanda-t-elle doucement.

— T'inviter à dîner me paraissait la moindre des choses après avoir fait l'amour avec toi. Ne serait-ce que par décence.

Libby sentit son estomac se contracter.

— Je ne te crois pas.

— C'est pourtant la vérité.

La froideur avec laquelle Raul s'exprimait l'atteignait en plein cœur.

— Cela ne voulait rien dire, poursuivit-il sur le même ton. Et, si tu n'étais pas tombée enceinte, nous ne nous serions jamais revus.

Bouleversée, Libby garda le silence un long moment. Le destin s'acharnait sur elle, inutile de se leurrer. Enfant, elle n'avait jamais reçu d'affection, pourquoi les choses changeraient-elles ? Heureusement, elle n'avait pas révélé l'amour qu'elle vouait au père de son enfant. Lire de la pitié dans ses yeux lui aurait brisé le cœur. Elle s'était tue à temps...

— Tu as probablement raison, finit-elle par admettre d'une voix tremblante.

Elle avala sa salive avant d'ajouter :

— Je vais m'occuper de la chambre du bébé. À plus tard.

Libby tourna sur elle-même pour admirer le décor de la chambre. Une main posée sur son ventre, elle songea avec tendresse au bébé qui bientôt occuperait cette pièce. Avec ses murs aux couleurs chatoyantes et son ameublement chaleureux, il se sentirait en sécurité. Rien d'autre n'avait d'importance.

Elle saurait s'adapter à la situation et se concentrerait sur son rôle de mère pour apporter à son enfant tout ce dont elle avait été privée. Qui plus est, libérée de tout souci financier, elle pourrait accomplir ses rêves...

Alors que cette pensée surgissait dans son esprit, elle se sentit vaciller. Comment pourrait-elle supporter de vivre près de l'homme qu'elle aimait sans rien recevoir en retour ?

Non, elle ne s'en sentait pas capable. Elle ne pouvait pas cacher à Raul les sentiments qui l'animaient...

Son mari se trouvait toujours attablé dans la cuisine, occupée à lire sur sa tablette, quand elle le rejoignit.

— Je n'en avais pas fini avec toi, tout à l'heure, annonça-t-elle en pénétrant dans la pièce.

Raul leva un regard à la fois défensif et résigné vers elle, mais elle n'en tint pas compte.

— Je sais que ni toi ni moi n'avions planifié ce qui nous arrive. Je ne suis pas stupide. Nous appartenons à deux mondes différents. Nos chemins n'auraient jamais dû se croiser. Comment un homme tel que toi aurait-il pu regarder une femme telle que moi ? Tomber dans les bras l'un de l'autre n'était pas une erreur, contrairement à ce que tu penses. Et je crois que, même sans le bébé, nous aurions souhaité nous revoir.

Raul, muré dans le silence, la couvrait d'un regard indéchiffrable.

— T'est-il arrivé de repenser à moi, après cette fameuse nuit ?

— Quelle importance ?

Elle insista.

— As-tu repensé à moi ?

— Je pense à beaucoup de choses, à beaucoup de gens, tout le temps. Cela ne veut rien dire.

Libby ébaucha un sourire empreint de tristesse.

— Comme d'habitude, tu cherches à te convaincre que rien n'a d'importance, pour ne pas être blessé. Mais cela ne marche pas avec moi. Je ne te crois pas.

Alors qu'il allait répondre, elle prit les devants.

— Je vois en toi, Raul. Je te comprends, peut-être même mieux que n'importe qui d'autre, sans doute parce que nous avons de nombreux points communs. Nous avons connu le même genre de rejet. La même insécurité lorsque nous étions enfants. Le même manque d'amour...

— Nous ne sommes pas pareils, Libby, objecta Raul d'un ton très calme. T'est-il arrivé de recevoir des coups parce que tu regardais la télévision en rentrant de l'école ? T'a-t-on jamais dit que le monde se porterait mieux si tu n'existais pas ?

Libby ferma les yeux un court instant, bouleversée par les mots qu'elle venait d'entendre.

— Si tu savais comme j'aimerais que tout ce que tu me racontes n'ait jamais existé...

Elle se tut un instant, tandis que des larmes perlaient à ses paupières.

— C'est la raison pour laquelle j'ai souhaité te parler, Raul. Je sais que tu ne veux pas l'entendre, mais il faut que tu saches ceci : je t'aime, comme je n'ai jamais aimé personne avant toi.

Elle le vit fermer les yeux et prendre une profonde inspiration. Elle avait pleinement conscience de l'épreuve qu'elle lui infligeait, mais elle ne pouvait plus se taire, malgré la terreur qui l'habitait.

Se rapprochant de lui, elle posa une main sur son torse.

— Je t'aime..., murmura-t-elle. J'aime tout en toi. Tu es un homme de grande valeur, tu es bon, fort, généreux et tu mérites d'être aimé...

— Arrête, dit-il soudain en rouvrant les yeux et en posant une main sur la sienne. Tais-toi, s'il te plaît.

Elle secoua la tête.

— Pourquoi ? demanda-t-elle doucement. Parce que tu as

peur de me laisser t'aimer ? Parce que tu ne veux laisser personne t'approcher ?

— Depuis le début, je me suis toujours montré honnête, n'est-ce pas ? Il n'a jamais été question d'amour entre nous.

— Je ne suis pas d'accord. Je n'ai jamais réellement cru au sort ou au destin, qui me paraissent être des concepts dangereux. À mon sens, nous sommes les maîtres d'œuvre de notre futur, de notre bonheur. Toutefois, comment ignorer le fait que quelque chose d'étrange s'est produit entre nous ? Je n'ai couché qu'avec un seul autre homme que toi, Raul, bien des années avant notre rencontre. Je ne suis pas une adepte des relations sexuelles occasionnelles avec des étrangers de passage. Mais j'ai vu en toi quelque chose de différent, d'où l'attirance folle que tu as exercée sur moi. Je ne l'ai pas saisi tout de suite, mais avec le recul j'ai compris que ce que nous avions vécu revêtait une grande importance. Dis-moi que tu n'as rien ressenti de tel avec moi !

À peine eut-elle prononcé ces derniers mots qu'elle les regretta. Raul la contempla longuement avant de saisir la perche qu'elle venait de lui tendre.

— Non, je n'ai rien ressenti de tel. Pas plus hier qu'aujourd'hui.

Il s'était exprimé d'un ton doux, sans doute dans le but de ne pas trop la blesser par sa franchise.

— Tu as peur, affirma-t-elle courageusement.

— Tu crois cela ?

— Tu ne veux sans doute pas l'admettre, mais oui, tu as peur.

Elle pointa un doigt sur sa poitrine avant d'ajouter :

— Ton cœur saigne encore de toutes les blessures qui t'ont été infligées quand tu étais enfant. Tu as peur que, si tu me laisses t'aimer, je te fasse du mal à mon tour…

— Bon sang, arrête, Libby, s'écria Raul d'une voix rauque.

Il lâcha la main qu'il tenait dans la sienne.

— Arrête de dire que tu me comprends.

— Oui, je te comprends et je t'aime.

— Arrête ! s'exclama-t-il en se passant une main dans les cheveux. Ce n'est pas ce sur quoi nous étions tombés d'accord.

— Oui, d'ailleurs, comme tu le dis si bien, la vie ne se déroule pas toujours comme nous l'avions prévu. Je ne savais pas que je t'aimais au début de cette aventure, mais je le sais maintenant et tenais à te le dire.

— Pourquoi ? Pourquoi aurais-je besoin de le savoir ? Ça ne change rien.

— Aujourd'hui, peut-être. Ou demain, ou dans un mois. Mais, quand tu seras habitué à recevoir beaucoup d'amour de ma part et de celle de ton enfant, tu te réveilleras peut-être avec l'envie de l'accepter, voire même de le rendre.

— Non, c'est impossible, décréta Raul avec assurance.

— Comment peux-tu affirmer cela ?

— Parce que c'est une question de choix. J'ai choisi de vivre ainsi.

— Une vie sans amour ?

— Une vie sans vulnérabilité et sans faiblesse. Ce sentiment que tu évoques se situe à l'opposé de ce que je désire. Je ne veux rien changer à ma vie. Je suis heureux comme ça.

— Menteur !

— Je souhaite garder le contrôle et ne dépendre de personne.

— Et quand le bébé sera né ? Penses-tu être incapable de l'aimer ?

L'expression de Raul s'adoucit.

— Je donnerai à cet enfant tout ce dont il aura besoin. Je le soutiendrai en toutes circonstances, l'encouragerai, demeurerai à ses côtés, ferai partie de sa vie.

— Sans lui donner d'amour...

Libby s'était exprimée avec une telle tristesse que Raul sentit son cœur chavirer. Mais il devait tenir bon.

— Quelle importance ? Je mettrai tout en œuvre pour vous offrir confort et sécurité.

— Mais tu ne nous aimeras pas.

— Non.

— Est-ce vraiment ce que tu désires ? S'agit-il réellement d'un choix ?

— Oui.

— Même quand j'affirme savoir ce que tu ressens ? Je comprends ce qui motive tes peurs. Je propose de t'accompagner sur le chemin de l'amour, le vrai. Je sais que tu commettras des erreurs, mais je serai là pour t'aider à les corriger, pour t'apprendre à offrir ton cœur. Tu ne veux pas essayer ?

Il la fusilla du regard.

— Tu te trompes à mon sujet.

14

Quatre jours après s'être livrée à cœur ouvert à son mari, Libby fut surprise de le voir surgir dans la cuisine alors qu'elle se préparait un dîner léger.

— Cette situation ne peut plus durer, annonça-t-il sans préambule.

Comme elle se raidissait devant le comptoir, il ajouta :

— Je vais m'installer dans un appartement situé à quelques étages en dessous de celui-ci. Une infirmière chargée de veiller sur toi occupera la chambre d'amis. Je t'accompagnerai à tes rendez-vous médicaux et assisterai à l'accouchement. Quand le bébé sera né, nous déciderons de la manière dont nous gérerons la garde partagée.

Comme Libby s'obstinait à garder le silence, il jugea utile de préciser :

— Vivre dans le même immeuble nous permettra de demeurer présents dans la vie de notre bébé. Je sais à quel point c'est important à nos yeux.

Sentant le désespoir l'envahir, Libby prit une profonde inspiration pour se donner le courage d'affronter son mari.

— Tu n'es pas le seul à avoir connu le rejet, à avoir été blessé, à connaître la peur… Le plus terrible pour moi serait de te perdre, parce que je t'aime et que je souhaite construire une vraie famille avec toi.

Raul passa une main nerveuse dans ses cheveux.

— Tu as toujours rêvé de vivre un conte de fées ! s'exclama-t-il. Et tu t'es imaginé des choses… qui n'existent pas entre nous. De mon côté, je n'ai jamais voulu te blesser, Libby. Si j'avais su ce que le mariage et les enfants signifiaient pour toi, je n'aurais pas proposé un tel arrangement entre nous. Mais je peux résoudre la situation.

— En t'installant ailleurs ?

— Oui.

— Crois-tu réellement que cela m'empêchera de t'aimer ?

— Au moins, tu verras la situation sous un autre angle et peut-être reviendras-tu à la raison.

Elle laissa échapper un petit rire amer.

— Quelle ironie ! C'est toi qui es aveugle, pas moi !

Raul serra les mâchoires avant de déclarer :

— Tu as mon numéro. Appelle-moi si tu as besoin de quoi que ce soit.

— Tu déménages vraiment ?

— Quelqu'un passera dans la journée pour récupérer mes vêtements.

Libby ferma les yeux, sous le choc.

— D'accord, finit-elle par dire d'une voix éteinte. Si c'est ce que tu désires.

Quand elle rouvrit les yeux, son mari avait disparu.

L'appartement où Raul venait de s'installer se trouvait trois étages en dessous de celui où continuerait de vivre Libby. Malgré la faible distance qui le séparait d'elle, il espérait retrouver une certaine sérénité. Hélas, celle-ci lui faisait cruellement défaut.

Libby lui manquait terriblement. Ne plus la voir lui infligeait une véritable torture. Jour et nuit, elle occupait son esprit. Il l'imaginait dans la cuisine, occupée à préparer un repas, au salon devant un film ou endormie dans la chambre.

Quant à lui, malgré les heures qu'il consacrait à son travail, il avait l'impression de tourner en rond, comme un lion en cage. À tel point que cela le rendait fou. Et éperdu de solitude…

De son côté, Libby s'était habituée à la présence d'une infirmière à ses côtés, sur qui elle pouvait compter en cas de besoin. Mais elle lui avait fait comprendre que son attention n'était pas requise en permanence. Surtout quand elle se rendait au parc pour observer les enfants qui jouaient sous le regard attentif de leurs parents ou de leur nourrice. Une fois installée sur un banc, une main posée sur son ventre, elle s'imaginait venir pique-niquer ici avec son bébé. Mais dans son rêve elle n'était pas seule avec l'enfant. Un Raul souriant et décontracté les accompagnait.

Chaque fois que cette image se formait dans son esprit, ses yeux se remplissaient de larmes.

Ce jour-là, à son retour à l'appartement, elle eut la surprise de découvrir Raul posté devant l'ascenseur.

Deux semaines, deux longues semaines s'étaient écoulées depuis leur dernière conversation.

— Tu montes ? demanda-t-il lorsque la porte de la cabine s'ouvrit.

— C'est bon, je vais attendre le suivant.

— Bon sang, Libby, nous pouvons emprunter le même ascenseur ! Je t'accompagne.

Une fois parvenu dans l'appartement, il demanda :

— Comment vas-tu ?

— Bien, prétendit-elle. Et toi ?

— Bien aussi. Mais ce n'est pas moi qui porte un enfant.

Libby haussa une épaule.

— La plupart du temps, j'oublie ma grossesse. Sauf la nuit.

— As-tu du mal à dormir ?

— Oui.

Raul en déduisit probablement que ces difficultés étaient liées à la grossesse. En réalité, Libby peinait à trouver le sommeil à cause de souvenirs qui la hantaient, des étreintes passionnées partagées avec Raul, de son rejet et de son absence.

Comme ils s'observaient en silence, Libby fut la première à reprendre la parole. Reculant de quelques pas, elle dit :

— C'était sympa de te revoir. Prends soin de toi.

Sur ces mots, elle pivota sur ses talons et s'enfonça dans l'appartement.

Raul réintégra le sien, la mine sombre. Pour chasser ses idées noires, il revêtit sa tenue de sport et sortit courir, sans trouver hélas l'apaisement dont il rêvait. Il avait perçu une tristesse inouïe dans le regard de Libby. Il s'en savait responsable et le regrettait, parce qu'elle ne méritait pas de souffrir. Les propos qu'elle lui avait tenus tournaient en boucle dans son esprit. L'amour qu'elle lui vouait semblait sincère, mais pouvait-il réellement lui accorder sa confiance ? Comment imaginer une vie commune heureuse ? Impossible. Le rêve s'achèverait sur une rupture. Libby le quitterait, ou bien il prendrait lui-même la décision de rompre, au risque de la faire souffrir encore davantage.

Raul courut jusqu'à ce que l'épuisement le gagne. Un épuisement plus mental que physique. Libby hantait ses pensées. Elle croyait à un futur auquel il n'avait jamais osé aspirer, parce qu'il ne s'y était jamais senti autorisé. Parce qu'il lui paraissait hors d'atteinte.

Se pouvait-il que Libby ait vu juste et qu'il se soit trompé sur toute la ligne ?

— Il paraît que c'est ton plat préféré, dit Raul en tendant un sac en papier à Libby.

— Comment le sais-tu ?

— C'est moi qui ai vendu la mèche, déclara en riant Veronica, l'infirmière. À demain !

— Vous partez ? fit Libby, étonnée.

— Appelez-moi en cas de besoin.

Une fois l'infirmière partie, Libby huma les effluves délicieux émanant du sachet qu'elle tenait entre ses mains, puis se tourna vers son mari.

— Raul, peux-tu m'expliquer ce qui se passe ?

— Je propose que nous dînions. Il faut que nous parlions.

Libby plissa les yeux puis hocha la tête.

— D'accord…

Ils prirent le temps de dresser la table, de s'y installer et de déguster le plat chinois que Raul avait apporté avant de s'affronter du regard.

— De quoi veux-tu donc parler ? demanda Libby.

— L'autre jour…, dit-il avant de s'interrompre.

— Quel autre jour ?

— La conversation que nous avons eue ici, dans la cuisine.

— Mais… cela remonte à plusieurs semaines !

— Je sais…

— D'accord… De quoi veux-tu donc parler ?

— Je pense avoir commis une erreur.

Comme Raul semblait chercher ses mots, elle posa une main sur son bras.

— Qu'essayes-tu de me dire ?

— Je ne peux pas vivre séparé de toi. Je veux vivre avec toi.

Ébahie, Libby écarquilla les yeux.

— Laisse-moi te montrer ceci, dit Raul en sortant de sa poche une chaînette munie d'un pendentif. C'est le seul objet qu'il me reste de mes parents. Comme tu le sais, ils sont morts quand j'étais très jeune.

Avisant une inscription gravée sur le pendentif, Libby demanda :

— Que dit ce texte ?

— C'est la traduction de quelques vers d'un vieux poème anglais traitant de l'importance de vivre le moment présent... Tu avais raison à mon sujet. Enfant, je n'ai jamais eu le sentiment de compter pour qui que ce soit, jusqu'à ce que je rencontre Maria et Pedro, et encore, je les ai toujours tenus à distance. Quand j'ai fait ta connaissance, j'ai compris qu'il fallait à tout prix que j'instaure des barrières entre nous. Je me sentais vulnérable...

Bouleversée, Libby buvait les paroles de Raul, les yeux embués de larmes.

— J'ai vainement tenté de me convaincre que je te fuyais pour te protéger, ajouta-t-il. En vérité, c'est moi que je protégeais. L'amour que tu m'offrais me terrifiait. Je ne pouvais pas l'accepter de peur de le perdre un jour. Puis j'ai compris à quel point je me trompais. Il fallait que je te retrouve, parce que je ne peux pas vivre sans toi.

Comme Libby le fixait avec intensité, il s'éclaircit la voix avant de poursuivre :

— Je ne suis pas doué pour ces choses-là... Je t'aime, Libby. Tu es mon destin, tu es toute ma vie.

— Je savais que tu m'aimais, Raul, murmura Libby en posant le front contre le sien. Je craignais simplement que tu ne trouves jamais le courage de l'admettre.

— J'espère être un jour digne de la foi que tu as en moi.

— Tu l'es déjà, dit-elle en posant ses lèvres sur les siennes.

Épilogue

L'héroïsme dont fit preuve Libby pour donner naissance à leur enfant bouleversa Raul, qui ne doutait plus désormais de l'amour qu'ils se vouaient l'un à l'autre.

Après vingt heures de travail, leur petite fille vit le jour, emplissant leur cœur d'un bonheur indicible. Raul ressentait une immense fierté et savait qu'il consacrerait toute sa vie à combler les deux êtres qui comptaient plus que tout pour lui.

De son côté, Libby rayonnait de joie. Enfin, son rêve se réalisait. Elle avait fondé une famille heureuse.

Un an après l'arrivée de leur premier enfant, elle donna naissance à des jumeaux, et un an plus tard une seconde petite fille venait agrandir leur famille.

L'appartement étant devenu trop petit, ils décidèrent de s'installer dans les Hamptons, où, à l'occasion d'un pique-nique, ils avaient découvert la maison de leurs rêves. Située en bordure d'une plage paradisiaque, elle offrait un cadre idyllique.

— Oh ! Raul ! s'était exclamée Libby en découvrant ce lieu magique, n'est-ce pas l'endroit le plus merveilleux au monde ?

Raul l'avait embrassée tendrement et, dès le lendemain, avait pris contact avec les propriétaires de la maison pour leur faire une offre d'achat alléchante à laquelle ils n'avaient pas résisté. Trois mois plus tard, lors de leur nouveau périple dans les Hamptons, il offrait les clés de la maison à sa merveilleuse épouse.

Lorsqu'elle prit possession des lieux, Libby comprit que cette demeure offrirait à sa famille un havre de paix, un véritable nid d'amour où ses enfants grandiraient sereinement.

Ce ne fut qu'après l'entrée à l'école de leur plus jeune enfant qu'elle manifesta l'envie de reprendre une activité. Elle renonça à devenir chef – désir qu'elle avait nourri autrefois – pour ne pas avoir à travailler loin de chez elle et opta pour la fabrication de bijoux.

— J'ai choisi cette activité non pas parce que je raffole des bijoux, avait-elle expliqué à Raul. C'est ce qu'ils représentent qui m'importe. Chaque fois que je regarde mon alliance, je pense à toi. Je suis sûre que le pendentif que tu portes autour du cou te rappelle tes parents, partis trop tôt.

La gorge serrée, Raul avait hoché la tête en signe d'assentiment. Les yeux rivés à ceux de sa femme, il avait alors béni le jour où s'était produite leur toute première rencontre.

De temps à autre, il s'interrogeait encore sur le destin qui les avait réunis. Quelle vie mènerait-il aujourd'hui s'il ne s'était pas rendu à Sydney ce fameux jour ? Si Libby n'avait pas travaillé sur le yacht ? Si ces adolescents n'avaient pas tenté de le dérober ? S'il n'avait pas compris ce qu'il ressentait pour cette merveilleuse jeune femme ? S'il avait commis l'erreur de la laisser partir ?

Mais, dès qu'il croisait le regard de Libby et que tous deux échangeaient un sourire, il se détendait et goûtait au bonheur de vivre auprès d'elle. Il remerciait le destin qui l'avait mise sur sa route et savait qu'il chérirait sa merveilleuse épouse jusqu'à son dernier souffle.